THE
ANT
GOD

THE ANT GOD
by KELTON DREW EARL

Copyright ⓒ Kelton Drew Earl, 2005
All rights reserved.

This Korean edition was published by for book Publishing Co. in 2007 by
arrangement with Kelton Drew Earl through Yu Ri Jang Agency, Seoul.

이 책의 한국어판 저작권은 유리장 에이전시를 통한 저작권자와의 독점계약으로
for book에 있습니다. 저작권법에 의하여 한국 내에서 보호를 받는 저작물이므로
무단전재와 복제를 금합니다.

THE
ANT
GOD

개미 신

켈튼 드루 얼 지음 | 김우열 옮김

개미 신
THE ANT GOD

초판 1쇄 펴냄 | 2008년 2월 15일

지은이 | 켈튼 드루 얼
옮긴이 | 김우열
펴낸이 | 계명훈
펴낸곳 | for book

기획편집 | to book factory
마케팅 | 함송이
디자인 | 씨오디
인쇄 | 미래프린팅
출력 | 타임출력

주소 | 서울 마포구 공덕동 105-219 정화빌딩 3층
판매문의 | 02-753-2700(에디터)
등록 | 2005년 8월 5일 제2-4209호

정가 9,800원

ISBN 978-89-960063-3-6 02840

가만히 앉아서 개미 농장에 있는 자그마한 개미들 집단을 관찰하면서, 이렇게 자문해 보라. '이 조그마한 개미 세상의 신은 바로 나 아닌가?' 투명한 유리 상자 두 개, 2~3센티미터 떨어진 그 사이를 연결하는 흙─이것이 개미 농장을 구성하는 요소다. 당신이 개미에게 먹이를 주지 않거나 독을 먹인다면 개미는 죽을 것이다. 먹이를 준다면 살 테고. 개미의 목숨을 좌우하는 당신의 힘은 막강하다. 당신은 이렇듯 개미의 생존 자체는 통제할 수 있지만 각 개미의 행동은 통제하지 못한다. 각각은 완전히 자유롭게 돌아다니고 먹고 마시고 싸우고 살아간다.

당신은 개미가 당신을 숭배하는지 알지도 못하고 그러든 말든 신경 쓰지도 않는다. 개미들은 갠 걸음으로 다니며 개미가 하는 짓을 한다—살고, 죽고, 상대의 다리를 꺾어 버린다. 힘을 합해 일하기도 하고 뭔가 만들기도 한다. 또 신비로운 힘만으로 자신들을 다스리는 여왕개미의 명령에 따른다. 여왕개미는 쉽사리 압도되어 잡아먹힐 수도 있지만, 개미 신들 중 가장 작은 신으로서 개미 왕국 위에 군림한다.

지극히 안전한 상태로 당신은 개미 농장에 손을 넣어 개미를 한 마리 집어 든다. 그냥 죽이고 싶어서다. 그래도 나머지 개미들은 제 할 일을 계속한다. 아무도 신경 쓰지 않는다. 법을 위반한 것도 아니고 도덕을 무너뜨린 것도 아니라는 듯, 당신은 전혀 죄책감을 느끼지 않는다. 결국 당신은 먹이를 제공하는 자비로운 존재요, 어떤 이유로 집단의 일원을 데려갔을 뿐이니까. 물론 설명도 필요하지 않다.

당신은 위대한 개미 신이지만, 당신보다 덜 위대한 여왕개미가 하듯 개미들과 소통하지는 못한다. 그래도 여전히 당신은 지고의 통치자로 군림한다. 생명은 좌지우지하지만, 삶은 좌지우지하지 못하는 것이다.

당신은 관찰하기를 멈추고 우주를 본다. 그러고는 자신

보다 더 큰 신—지고의 개미 신—이 자신을 지켜보고 있다는 것을 깨닫는다.

당신은 개미들보다 수백만 배 크고 수십 배 지능적이다. 이성과 논리에 비추어 볼 때, 다음 단계의 개미 신은 당신보다 얼마나 큰 것일까?

누구라도 기억할 것이다. 인생이 완전히 뒤바뀌는 계기가 된 사건을. 그 후의 삶을 송두리째 바꿔 버리는 결정적인 순간을. 죽었어야 하는데 어떤 불가해한 이유로 죽지 않은 그 날을.

어릴 적 보이스카우트 멤버들과 함께 하이킹 하다가 일어난 사건이 또렷이 기억난다. 그때 나는 고작 열세 살이었다. 걱정은 없고 호기심은 왕성한데 마냥 즐겁고 누구에게도 지지 않을 것 같은 시기였다. 그랬다. 더구나 아직 세상을 모른다는 사실조차 모르는 시기 아니었던가!

우리는 애리조나 주 피닉스 외곽에 있는 수퍼스티션 산맥 깊은 곳까지 걸었다. 그곳에 있는 폭포 꼭대기까지 올라가, 약 40미터 아래 있는 그늘진 웅덩이로 물줄기가 떨어지는 지점 바로 옆에서 물을 건너갔다. 서쪽 사막지대에서 상쾌하고 멋진 오후에 보는 풍경은 장관이었다. 우리는 모두, 올라온 길을 다시 내려가 차갑고 깊은 물에 몸을 담그고 싶다고 생각했다.

바닥까지 내려가려면 한 번 더 물을 건너가야 했다. 내 엉덩이에는 물통이 하나 달려 있었는데, 허리에서 한 10센티미터 정도 튀어나와 있었다. 물통이 절벽 표면에서 돌출된 부분에 부딪히는 바람에 나는 벼랑 끝으로 몰리게 되었다. 잠시 동안 나는 벼랑 끝에 발가락만 걸친 채로 서서 팔을 빙글빙글 돌리며 균형을 잡아 떨어지지 않으려고 애를 썼다. 떨어진다면 틀림없이 목숨이 위험할 터였다. 죽음에 직면하는 이런 짧은 순간을 이야기할 때, 사람들은 항상 지나간 삶이 아주 또렷하게 섬광처럼 지나쳤으며 그 후로 인생을 보는 시야가 달라졌다고 말한다. 물론 살아남았을 때 이야기지만. 나는 반대로 시간이 갑자기 느려지면서 소음이 모두 사라졌고, 내 목숨이 말 그대로 낭떠러지 끝에 걸려 있음을 깨달았다. 그날 청소년이던 나는 사람이 세상과 작별하기가 얼마나 쉬운지 알게 되었다.

내 팔은 휘두르던 동작을 천천히 멈췄고, 나는 양쪽으로 팔을 곧게 뻗었다. 그러고는 천천히 팔을 뒤쪽으로 움직여

중심이 뒤로 쏠리게 하자 죽음의 문턱에서 한 걸음 뒤로 물러날 수 있었다. 나는 전과 같이 살아 있었지만 예전과 결코 똑같아질 수가 없었다. 인생을 덧없는 것이라고 보게 되었고, 모든 것에 의문을 던지는 여정에서 한 시도 벗어나지 않았다.

어른이 되고 나서도 나는 이와 비슷한 경험을 몇 차례 겪었다. 한번은 벼랑 끝에서 수직 하강 로프에 매달린 채 암벽 등반과 하강을 배우던 십대 아이들 몇 명을 도와주던 중이었다. 그때 약 20미터 높이의 암벽 중간에 매달려 있던 나는 암벽을 발로 차서 앞뒤로 움직이거나 공중제비를 하면서 아이들을 즐겁게 해 주고 있었다. 그때 갑자기 로프에 진동이 느껴지더니 발가락이 문자 그대로 암벽에 박히면서 몸 윗부분에서 핏기가 싹 사라졌다. 위를 올려다보니 내가 차고 있던 안전벨트가 허리춤에 있지 않고 내 눈 앞에 있었다. 이번에도 시간이 느려지면서 모든 소리가 사라졌다. 나를 응원하던 아이들도 갑자기 내가 곤경에 처한 것을 보더니 공포로 조용해졌다.

이상하게도 들리는 것이라고는 초현실적으로 휙 하고 부는 바람 소리, 높은 산에서만 들리는 부드럽고 쓸쓸한

속삭이는 듯한 바람 소리였다. 소리는 선배 트레이너 로저 덱스터의 차분한 목소리와 함께 흩어졌다. 덱스터는 로프를 고정하는 곳에 서 있었다.

"드루, 절대로 움직이지 말고 내 말 잘 들어."

덱스터는 마치 천사처럼 그 순간 내게 필요한 확신을 담아 차분하게 이야기했다. 나는 죽음에 가까운 상황이었고 모두가 그 사실을 알고 있었다. 덱스터의 도움으로 나는 위태로운 상황에서 벗어났고 다시 또 살아났다.

당신에게도 이와 비슷한 이야기가 있으리라 확신한다. 누구에게나 있으니까. 이런 사건들 때문에 나는 목숨이란 아주 연약한 것이고 우리가 날마다 죽음의 문턱에 서게 된다는 사실을 깊이 이해하게 되었다. 심지어 스스로 위험한 상황에 때때로 뛰어들어 삶의 커튼 반대편에 무엇이 있는지 발견하기 직전까지 다가가는 공포를 다시 느껴 보기도 했다. 이런 수차례의 경험은 아마도 내게 큰 영향을 미쳐서, 이제까지 일어난 가장 큰 사건에 대비하게 해 주었던 것 같다. 나는 어떤 알 수 없는 힘에 이끌려 이 이야기를 쓰게 되었다. 이 이야기가 당신에게 어떤 영향을 미칠지는 알 수 없지만, 책을 읽어 나가면서 오직 한 가지 결과를 얻게 되기를 바란다. 나는 당신이 '사명'을 명쾌하게 이해하기를 바란다.

당신이 이 이야기를 조금이라도 믿든지 전혀 믿지 않든지, 그것은 그다지 중요하지 않다.

읽다가 어떤 부분에서 자신의 종교나 신앙과 맞지 않는 내용이 나오면 당신이 이를 제쳐두거나 아예 무시해 버릴지도 모른다는 점은 이해한다. 이 이야기가 사실인지 아닌지는 중요하지 않다. 실화라고 봐도 좋고, 허구라고 봐도 좋다. 더 중요한 것은 이 책을 다 읽었을 때 당신이 무엇을 믿든지, 또는 어떤 철학을 받아들이고 어떤 철학을 거부하든지, 하늘에 있는 신은 당신이 맡은 바 사명을 잘 해냈으면 한다는 점을 이해하는 일이다. 부름을 받아서 하든 스스로 선택해서 하든, 사명을 수행하라!

| 차례 |

뜻밖의 손님

난 그냥 나일 뿐이지 신이 아니에요. 당신도 신이 아니고요!

난 먹고살려고 날마다 일도 하고 매달 돈도 내고, 게다가 남의

아파트에 쳐들어가지도 않는다구요.

　　어느 여름날 밤에 나는 혼자 아파트에서 저녁 뉴스를 보고 있었다. 찾아오는 사람이 거의 없어도 언짢지는 않다. 나는 혼자 지내는 걸 즐기는 편이다. 그래서 대문 두드리는 소리와 뒤이은 초인종 소리에 깜짝 놀랐다. 너나할 것 없이 문을 두드린 뒤에 초인종을 누르다니 참 재미있군, 하고 생각했다. 어째서 사람들이 둘 중 한 가지를 택하지 않는가 하는 의문은 언제 생각해도 흥미로웠다. 문을 열었더니 웬 신사가 내 눈을 응시하더니 갑자기 내 쪽으로 걸어왔다.

"반가워요, 드루."

　내 이름을 안다는 사실에 잠깐 마음을 놓았더니 그 사이에 남자가 내 옆을 지나쳐 스스럼없이 집 안으로 걸어 들어왔다.

나는 꼼짝도 하지 않고 문고리를 쥔 채로 남자의 뻔뻔함에 놀라면서 어떻게 내 이름을 아는지 궁금해 하고 있었다. 남자는 빠르게 방 가운데로 걸어가더니 집을 열심히 둘러보았다. 마치 숨겨둔 폭발물을 찾으려는 UN 무기사찰요원처럼. 내 이름을 부른 걸 보면 나를 아는 사람이겠거니 했는데, 가만히 보니 앞서 짐작한 바와는 달리 만난 적이 없는 얼굴이었다.

"죄송한데 저 아시나요?"

"아니요, 그건 아니고 그대가 상품으로 나를 받게 되었습니다. 라디오 방송에서 당첨됐잖아요."

나는 문고리를 붙잡은 채, 호기심으로 몸이 마비된 느낌이었다. 남자가 위협적인 인물이 아니라고 판단했기 때문에 가택 침입이라는 걱정은 들지 않았거니와, 형사나 '세금강탈국' 요원으로 보이지도 않았다. 내 눈에 남자는 은퇴한 중류층으로, 전원 지방에 가면 현관에 놓인 흔들의자에서 흔히 볼 수 있는 유형이었다.

키는 한 175센티미터 정도였고 체격은 보통이었다. 옷은 입기 편한 단색이었다. 파란 바지에 회색 셔츠를 입고, 스페인이나 이탈리아 댄스 부츠와 유사한 검정색 부츠를 신고 있었다. 장신구는 없었고, 가늘고 밝은 색 머리카락은 머리에 딱 붙도록 빗어 넘긴 채였다. 눈동자는 회색이었고, 피부는 밝았지만 매우 건조해 보였다. 그러고 보니 화장품 냄새가 나지 않았고 들고 있는 물건도 없었다.

내가 남자를 살펴보는 동안 남자는 내 집을 세심하게 살피고 있었다. 내게 손을 내밀어 악수를 청하지도 않았고 내게 자신을 소개하지도 않았다. 그러면서도 자기 집처럼 들어오다니. 남자가 너무나 빠르고 자연스럽고 갑자기 들어와서, 나는 저항할 틈도 없이 일어나는 일을 지켜보고만 있었다.

"죄송한데요, 예의 없는 말이라는 건 알지만, 대체 여기서 뭐 하시는 거죠? 전 선생을 받기로 한 적이 없어요. 선생이 누군지도 모른다고요. 그러니까 집 밖으로 나가서 거기서 다시 이야기해 보죠."

남자는 자리에 앉았다.

"이보세요, 제 말 못 들었나 본데, 제가 방금…."

남자는 조용히 하라는 듯 손짓하더니 말했다.

"드루, 드루, 내 말을 들으세요. 그대는 라디오 토크쇼에서 당첨됐어요. 어떤 노래 퀴즈의 정답을 알아맞혀서

'천사와 면담'이라는 걸 얻었죠. 그 천사가 바로 나란 말입니다. 두 시간뿐이니 낭비하지 맙시다. 면담 시간은 되돌릴 수도 없을 뿐더러 아주 빠르게 지나갈 겁니다."

그제야 생각이 났다. 남자가 말하는 게 뭔지 처음으로 떠올랐다. 언젠가 라디오 토크쇼에서 뭔가를 상품으로 타기는 했지만, 나는 그게 콘서트 티켓이나 신인 아티스트 데뷔 앨범인 줄 알았다. 어쩌면 사기일지도 모른다는 생각까지 했는데, 이제야 남자가 무슨 이야기를 하는지 이해가 갔다.

그래도 남의 집에 그렇게 뻔뻔스럽게 들어왔다는 사실에는 화가 났다. 나도 라디오 아침 방송 DJ들의 무례하고 주제넘은 성향은 알고 있다. 요즘 라디오나 TV 리얼리티 쇼를 보면, 사람에게 못된 장난을 치는 내용이 많다. 하지만 나는 그런 걸 즐기는 사람이 아닐 뿐더러 라디오나 TV도 거의 시청하지 않는다. 내 아파트는 작기는 하지만 나만의 작은 성인데, 이 남자가 내 허락도 없이 벽을 돌파해 버린 것이다. 남자가 내 성소를 살피는 동안 나는 현관에 서서 상당히 신경질 난 채로 여전히 문고리를 잡고 서 있었다.

내 아파트는 작아서 폭이 4.5미터에 길이가 7.5미터 정도 되고, 작은 주방과 침실이 하나 붙어 있는 형태다. 집에는 소파와 의자와 책상이 하나씩 있다. 보물 상자 따위를 만드는 나무로 제작한 작은 커피 탁자가 방 가운데 놓여 있고, 그 위에는 내 취미인 개미 농장이 얹혀 있다. 개미 농장은 서로 3센티미터 정도 떨어진 나무 홈에 유리통 두 개가 수직으로 끼워진 모양이다. 유리통은 각기 가로세로 30에 40센티미터고, 유리 사이는 흙으로 덮여 있다. 이것이 개미들이 사는 세상이었다.

나는 사람들이 수족관에 가서 하듯이, 개미들이 날마다 반복하는 일이나 터널 만드는 모습을 관찰한다. 내가 개미를 선택한 이유는 세 가지다. 첫째로 관리하기가 쉽다. 둘째로 그다지 집착하게 되지 않는다. 마지막으로 누군가에게 보살펴 달라고 부탁하지 않아도 오랜 기간 집을 비울 수 있다.

나는 그 남자가 집에서 나가지 않을 거라고 느꼈지만 물리적인 힘으로 내보내고 싶은 마음은 정말 없었다. 그래서 문을 닫고 방문자, 소위 천사라는 존재가 앉은 곳 맞은편 의자에 앉았다. 남자가 내 집을 계속 살펴보는 동안 나는 남자를 응시했다.

갑자기 남자가 말했던 게 생각났다.

"그 라디오 방송국 때문에 정말 짜증났었어요. 그 인간들 내가 뭘 상품으로 받는지도 말해 주지 않았다니까요. 선생은 해 주겠죠, 아마?"

남자는 대답하지 않고 그저 방 안을 둘러보다가 내 개미 농장에 눈길을 주었다.

"내가 보기에 그대는 신입니다." 남자가 말했다.

"뭐라고요? 죄송하지만 대체 무슨 말씀이죠?" 내가 대답했다.

"개미 농장하고 개미 말입니다. 내가 보기에 드루 그대는 신이에요."

"이것 보세요 선생, 나는 신이 아니라고요! 난 그냥 나일 뿐이지 신이 아니에요. 당신도 신이 아니고요! 난 먹고 살려고 날마다 일도 하고 매달 돈도 내고, 게다가 남의 아파트에 쳐들어가지도 않는다구요. 거짓말 따위도 하지 않고요. 하겠다고 해놓고 발뺌하거나 하진 않는단 말입니다. 도대체, 무슨 근거로 날 신이라고 하는 거죠?" 내가 성내며 말했다.

"내가 언제 신GOD이라고 했나요, 그냥 신god이라고 했
지."

"도대체 뭔 소립니까?"

나는 놀라서 더 퉁명하게 말했다.

"이 개미 농장 드루 거 아닙니까? 개미도?"

"맞아요."

"개미에게 먹을 것도 주고, 개미를 보살펴 주고, 거미나
귀뚜라미나 파리 따위를 줘서 재미있게 해 주지 않나요?"

"뭐, 그렇긴 하지만 재미있게 하려고가 아니라 먹이로
주는 거죠."

남자는 내 의중을 정확히 꿰뚫어 본 사람 같은 표정을
지었다. 남자는 내가 그 녀석들에게 땅콩크림을 줘서 녀
석들을 기쁘게 해 줄 수도 있지만, 공격하거나 잡아먹으
라고 실제로 생물을 던져준 적도 있다는 걸 알고 있었다.
나는 이런 야만적인 행동을 하면서, 사냥하고 싶은 개미
들의 본능을 달래 주기 위해서라고 정당화했다. 남자는
그 사실도 아는 듯했다. 내가 살아있는 벌레를 개미들에
게 먹이면서 그 장면을 지켜봤다는 사실을 남자도 안다는
게 분명히 느껴졌다. 사실 그건 자그마한 벌레 전사가 조

그만 콜로세움에서 개미 검투사들 손에 죽어가는 작은 연극을 만들어내고 싶어서 한 짓이었다. 나는 로마 시대에 사자에게 기독교인들을 먹이로 주던 로마 황제처럼 아무런 죄책감이나 가책도 느끼지 않았다. 그래 봐야 결국은 벌레일 뿐이니까.

"한 가지 물어봅시다, 드루. 그대는 이 개미들을 죽일 수 있죠? 하지만 개미에게 필요한 걸 주면서도 개미의 생각이나 행동이나 그런 걸 통제할 수는 없지 않던가요? 개미들은 드루가 허락하든 안 하든 일반적으로 개미가 하는 대로 행동할 거예요, 아닌가요? 개미들은 드루를 모르고, 드루도 개미들을 모릅니다. 게다가 드루는 개미들이 무슨 생각을 하는지도 몰라요. 개미들이 드루에 대해 궁금해 하는지, 드루를 숭배하거나 증오하는지도 모르고, 또 알려고 하지도 않죠. 하지만 개미의 목숨을, 삶을 통제하고 만족스럽게 살아가게 해 주는 건 바로 드루에요. 개미들은 돌아다니면서 원래 개미가 행동하듯 다른 개미들 더듬이를 뜯어내고, 집이나 창고를 지어요. 그리고 개미들이 싸우거나 사랑하거나 번식하더라도 드루는 개입할 수가 없죠.

개미를 지도하는 건 여왕개밉니다. 여왕개미는 신비로

움만으로 개미들을 다스리죠. 하지만 개미들은 원한다면 쉽게 여왕개미를 압도해서 죽일 수도 있어요. 그런데도 여왕개미의 주문에 걸린 채로 여왕개미를 보살피고 보호하죠. 하지만 드루는 이런 것에는 별 관심이 없어요. 그저 먹을 걸 주고, 마음 내키면 구경할 뿐이죠. 이런데도 그대가 개미들의 신이 아닌가요? 생각해 봐요. 드루는 개미 신 아닌가요?"

나는 지난 3분간 오고간 대화의 깊이에 놀라면서 남자를 응시했다.

"이제 한 시간 오십칠 분밖에 안 남았습니다. 시작하는 편이 좋지 않을까요?"

남자는 일어서서 손을 내밀었다. 더 이상 내가 보이지 않을 정도로 상체를 숙여 인사했다.

"드루, 내 이름은 네오에요. 난 그대의 천삽니다. 만나게 돼서 기쁩니다."

멍한 상태로 나는 천천히 일어서서 남자의 손을 잡고 악수했다. 머리 숙여 인사하는 모습이 내 눈에는 순수하고 연약하게 비춰졌다. 남자는 믿기 어려울 정도로 교활하거나 아니면 정말로 정직한 사람일 테지만, 어쨌든 나는 남자의 손을 잡고 악수하면서 그 존재에 놀랄 정도로 압도된 느낌이었다.

"네오라고요? 그거 재밌는데요. 선생은 자신이 단지 나랑 두 시간 동안 이야기하라고 하느님이 직접 보내서 온 천사라고 말할 것 같군요. 그렇다면 내가 어떤 질문이든 해도 되고, 선생은 거기에 다 대답해 줘야 하는 것도 맞을 테죠?"

"바로 맞아요." 남자가 대답했다.

"아무거나? 내가 뭘 물어 보든 반드시 진실을 말해야 한다고요? 그러면 두 시간이 지나면 내가 세상에서 가장 제대로 종교적인 사람이 되겠군요, 그렇죠?"

"드루, 나는 그대가 어떤 사람이 될지, 또는 여기서 얻을 정보로 뭘 할 수 있을지는 말해 줄 수 없습니다. 드루가 날 상품으로 받아서 내가 여기 왔고, 이제 한 시간 오십오 분 남았어요. 시간은 나도 어쩔 수 없으니 내가 여기 있기를 바란다면, 라디오에서 받은 상품을 활용하고 싶다면 어서 시작하는 편이 좋을 거예요."

"그럼 네오라는 이름은 뭐죠? 성인가요 이름인가요?"

"네오는 직함이에요. 내가 사는 곳에서는 직함이 곧 이름이죠. 지금은 내가 그대를 드루라고 부르지만, 내가 사는 곳에서는 아마 그대를 개미 신이라고 할 거예요."

네오는 뭔가 재미있는 생각에 잠긴 듯 잠시 창밖을 내다보았다.

"인간 세상에 수없이 등장하는 신이라는 단어는 이름이 아니라 직함이에요."

네오는 자리에 앉아 내 책장을 응시했다. 마치 모든 책에 담긴 정보를 흡수하는 듯한 눈길로. 네오의 눈길은 한 권에서 다른 권으로 체계적으로 움직였다. 그러더니 낡은 타자기의 리턴 레버처럼 내게로 돌아왔다. 네오는 모든 책에 담긴 내용을 이제 막 다 흡수했다는 듯 눈썹을 치켜들었다. 마치 보석을 훔쳐서 달아날 준비를 마친 도둑처럼.

"드루, 규칙이 몇 가지 있기는 한데 간단한 것들입니다. 우선 나는 그대와 120분 동안 대화하는 임무를 받고 이곳에 왔습니다. 시간이 지나면 나는 왔을 때처럼 이곳을 떠날 거고, 드루는 날 따라올 수 없어요. 질문은 무엇이든 해도 좋아요. 나는 드루가 가장 잘 이해할 수 있는 방식으로 대답할 겁니다. 내가 드루를 가르치거나 일일이 설명할 시간은 없을 테니, 나의 답을 토대로 해서 스스로 원하는 답을 찾아내야 할 거예요. 나를 촬영하거나 내 목소리를 녹음하는 건 안 되지만, 메모는 얼마든지 해도 좋아요. 내가 알려 주는 내용은 어떻게 쓰든 드루 맘대로 해도 괜찮습니다. 드루는 내게 어떤 질문을 하나 할 거예요. 그 질문은 오직 한 번만 해야 해요. 보통 모두가 처음으로 던지는 질문이 바로 그거죠. 규칙은 이게 전부에요. 자 시작할까요?"

"좋아요 첫 번째 질문은……."

내가 질문을 던질 때 네오도 내 질문을 그대로 따라했다.

"당신이 천사라는 걸 증명할 수 있나요?"

네오가 큰 소리로 웃었다.

"바로 그게 첫 번째 질문이죠. 바로 그 질문이 한 번만 해야 한다는 질문입니다. 알겠죠?"

"좋아요." 내가 답했다.

네바다의 거리에서

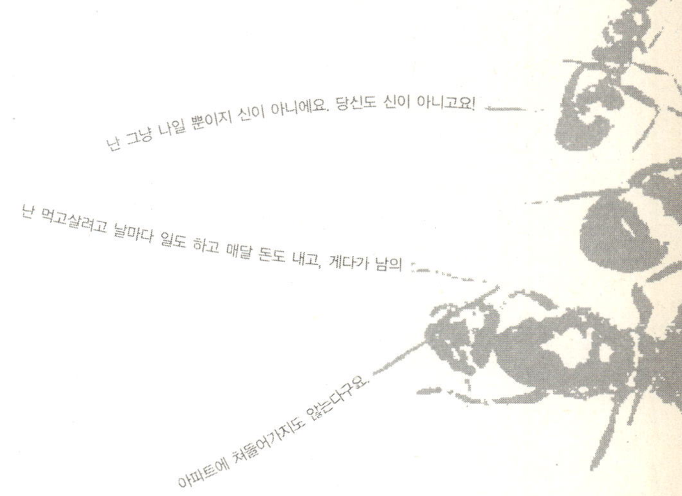

　　우리 둘이 어떻게 만나게 되었는지 돌아보니, 어느 날 저녁 네바다 사막을 운전하던 때가 또렷이 떠올랐다. 사건은 자정이 조금 지난 시각에 일어났다. 어스름이 깔리기 시작할 때 출발한 나는 라스베이거스에서 밤새 운전해 데스밸리를 지나 캘리포니아 남부 310번가로 들어가기로 마음먹었다. 도착하면 다음날 캘리포니아 중부에 있는 프레즈노를 향해 북쪽으로 경치 좋은 길을 타고 갈 생각이었다.

　나는 사막이 좋다. 특히 해돋이와 저녁놀이 좋다. 그래서 차를 몰고 갈 때는 항상 밤에 운전하려고 한다. 비행기로 여행할 때는 낮이 좋지만 이번에는 개인적인 일이었다. 그래서 잡낭과 스노보드와 스쿠버 백을 포드 엑스피디션 뒷자리에 던져 넣었다. 쳇바퀴 같은 일상에서 벗어나 휴식을 취할 셈이었다.

내가 라스베이거스를 떠난 시간은 해질녘이 다되어서였다. 다채로운 갈색과 붉은색을 품은 사막이 천천히 회색으로 바뀌어 가기 시작했다. 찰스턴 산기슭에 있는 노간주나무들이 얼룩덜룩한 모양으로 변해가고 있었다. 처음에 나무들은 이 거대한 3600미터 높이의 산에 붙은 조그마한 점처럼 기슭에 띄엄띄엄 보였지만, 높이 올라갈수록 점점 가까이 다가왔다. 정상에 가까워지자 나무들은 성장한계선까지 자라 더 이상 크지 못하는 진녹색 융단이 되었다.

밤은 다가오고, 나는 데스밸리를 향해 차를 몰아 사막의 골짜기를 가로지르면서 위로 돌출하여 쓸쓸한 회색 얼굴을 드러내는 험준한 절벽에 감탄하고 있었다. 이 보초들 위로는 성긴 구름 몇 조각이 밤하늘 속으로 사라지고 있었다.

당시 내 인생은 뒤죽박죽이었고, 나는 혼자 조용히 보낼 시간이 필요했다. 누구나 혼자 지낼 시간을 갖지 못하면 폭발하고 말 것 같은 그런 상황이 있게 마련이다. 그때가 내게 그런 시기였고, 사무실 동료들도 그런 사실을 알았다. 내가 가까이에 가면 동료들은 조마조마하면서 되도록 나를 피했다. 혼자 있어야 할, 잠시 떠나야 할 때였다. 일주일간 차를 몰고 캘리포니아에 있는 산들을 가로지르며 와인 재배지에 소풍도 가고, 며칠간 캘리포니아 서부에 있는 몬테레이 고속도로를 타고 위아래로 여행하면 영혼에 위안이 될 터였다. 터무니없는 꿈속에서도, 라디오 방송 '나이트 재칼'에 건 전화 한 통이 내 인생을 송두리째 바꾸어버릴 거라고는 짐작조차 하지 못했다.

　내가 특별히 종교적인 사람이 아니라는 건 말해 두어야겠다. 나는 종교적인 가정에서 자랐고 자신이 꽤 영적인 사람이라고 생각하지만, 내게는 풀리지 않은 의문과 금기 사항과 위선과 불신이 너무 많았다. 시간이 지나면서 나는 질문은 관두고 틈틈이 종교와 철학을 공부하게 되었다. 앞으로 펼쳐질 이야기 덕분에 그 전까지 해결되지 않던 의문들이 어떤 의미를 띄게 된다. 그 사건은 단지 1년에 두 번 긴장을 풀려고 떠나는 일탈에서 그치지 않고, 내가 인생에 새롭게 눈뜨는 계기가 되었다. 내가 오랜 시간 찾던 바로 그런. 이 이야기를 글로 쓰지 말라는 조언도 들었지만, 나는 이 글이 읽는 사람에게 어떤 긍정적인 영향을 미칠지 모른다는 희망이 강했다. 그렇지 않다면 적어도 재미있게 읽을거리는 되지 않을까.

밤이 밀려들자 나는 신호가 잡히는 라디오 방송을 켰다. 나는 토크쇼를 좋아하는데, 대개 저녁 시간에는 토크쇼가 많이 방송된다. 그때 한 심야 라디오 DJ가 이렇게 말하는 게 들렸다. DJ가 갈라진 목소리로 말했다.

"올빼미 청취자님들, 여러분에게 문제를 하나 내 드리겠습니다. 가사에 '레이디'라는 말이 들어가는 노래 세 곡을 말씀해 주시는 다섯 번째 청취자에게 음…, 잠깐만요…, 상품이 뭐지, 도니? 아, 이거로군요…. 청취자에게… 정말 특이하… 여하간, 뽑히는 분에게는 '천사와 면담'을 상품으로 드리겠습니다. 자 올빼미 청취자님들, 다시 말씀드리지만, 가사에 '레이디'라는 단어가 들어간 노래 제목 세 개를 알려 주시는 다섯 번째 청취자입니다. 이제 흘러간 노래 한 곡 들어 볼까요. 여러분은 지금 나이트 재칼 포크송을 듣고 계십니다. 전화기를 들고 재칼과 떠들어 보실까요."

전화를 걸어 DJ가 아닌 다른 사람에게 내 이름을 알려 주자 잠시 기다리라는 대답이 들려왔다. 잠시 후 나이트 재칼이 터질 듯하지만 진심이 담긴 목소리로 내가 다섯 번째로 전화를 걸었다고 축하한다고 말했다. DJ는 내게 가사에 '레이디'라는 말이 들어간 노래 제목 세 개를 말할 수 있냐고 물었다.

나는 상품이 뭔지도 몰랐지만, 그건 DJ도 마찬가지인 듯했다. 하지만 95번 도로를 타고 데스밸리의 단조로운 사막 길을 벗어날 때 느끼는 지루함을 달랠 수만 있다면 무슨 짓이라도 할 수 있었다.

"코도모스의 '레이디', 레드 제플린의 '스테어웨이 투 헤븐', 스틱스의 '레이디'."

"맞습니다! 당첨되셨군요! 그 정도면 거의 정답에 가깝지 도니? 도니가 머리를 끄덕이고 있어요, 예! 당첨되셨습니다. 성함이 뭐죠? 계신 곳은요?"

"드루요. 95번 도로를 타고 네바다에서 빠져나가고 있어요."

"아, 드루 씨, 이 야밤에 재칼을 듣다니 어떻게 되신 거죠? 불면증이나 그런 거 있으신가 보군요?"

"그게…."

"알겠습니다, 드루 씨. 이렇게 하죠. 드루 씨는 '천사와 면담'을 받았어요. 제가 도니를 바꿔 드릴 테니 주소를 알려 주시면 그쪽으로 상품을 보내 드리죠, 좋죠?"

"'천사와 면담'이 뭔지 좀 말해 주시겠어요? 콘서트 티켓인가요, 새로운 CD인가요, 뭔가요? 들어 본 적이 없는데요." 내가 황급히 물었다.

"드루 씨, 저도 확실히 몰라요. 프로그램 감독이 이 상품을 따내서 우리한테 보내 줬거든요. 하지만 분명 마음에 드실 거예요. 그리고 도니가 상품에 대해 조금 이야기해 드릴 겁니다. 재칼과 함께 95번 도로를 가로지르는 당첨자에게 다시 한 번 축하를. 저희 방송에 돈을 대주는 사람들이 할 말이 있답니다. 그 덕분에 여러분이 달에서 아우우우우우, 하고 우는 이 재칼의 목소리를 들을 수 있죠."

이 말과 함께 잠시 기다리라는 소리가 들렸다. 1분쯤 후에 도니가 전화를 받더니 내 이름과 주소를 물어 봤다. 도니는 상품이 뭔지는 자기도 모른다면서 지역 광고주들이 그 상품을 후원했다고 했다. 분명히 마음에 들 거라는 말도 덧붙였다. 자기도 이런 상품은 한 번도 본 적이 없는 데다 대개는 상품을 다른 상품과 바꿀 수 있는데, 이번에는 그렇지 않다고도 했다. 왜 그런지는 모르지만 그렇게 해야 한다는 메모가 붙어 있었단다.

“아주 특이한 경웁니다.”

도니가 말했다. 사실 도니는 내가 처음에 상품이 뭔지 이해가 가지 않는다며 퉁명하게 대했기 때문에 나를 달래고 있었다.

밤새 운전하면서 나는 그 일을 잊어버렸고, 몇 주 후에 누군가 문을 두드린 뒤 초인종을 누르기 전까지 다시 떠올리지 않았다. 네오라는 이름의 방문자가 내 인생에 들어와 운명을 뒤바꿔 버리기 전까지.

네오 사라지다!

"좋아요, 우리 친구 네오 선생. 해 보시라고! 당신이 천사라는 걸 증명하는 대단한 뭔가를 보여 달…."

나의 독촉이 끝나기도 전에, 네오가 조용하게 한마디 던졌다.

"잘 보세요."

하느님, 천사, 우주, 맹세할 수 있는 모든 대상에 맹세컨대 네오가 사라졌다! 내 눈앞에서, 1.5미터 앞에서 없어져 버렸다! 어떻게 해야 당신이 내 말을 믿을까? 내가 무슨 말을 해야, 내가 어떻게 표현해야 당신이 내 말을 믿을까? 네오가 사라졌다!

길게 느껴졌지만 사실 네오가 사라진 시간은 3~4초에 불과했을 것이다. 하지만 상황을 분석하기에는 충분한 시간이었다. 네오가 앉아 있던 소파를 살펴보기에도 충분한 시간이었다. 시간 왜곡이 일어나기라도 한 듯 시간이 느리게 흘러갔다. 네오는 사라졌다. 난 보았다. 나는 내 눈으로 본 걸 부인하지 못한다. 라스베이거스에 살기 때문에, 거울이나 연막 따위로 어떻게 사람을 속여 넘기는지는 잘 안다. 이건 실제였다. 네오는 사라졌다.

그 순간, 사라질 때와 마찬가지로 순간적으로 네오가 다시 나타났다. 사라질 때와 똑같은 자리에. 나는 공포와 놀라움에 의자에서 뛰듯 일어나다가 너무 급하게 일어선 나머지 발이 미끄러져 의자 팔걸이에 걸려 바닥으로 넘어졌다. 그와 함께 램프 탁자도 쓰러졌다. 램프가 쓰러지면서 탁자 위에 놓여 있던 장식품과 받침, 그밖에 다른 물건까지 쏟아지는 바람에 깨지는 듯한 엄청난 소리가 들렸다. 네오는 그저 지켜보았다. 나는 어색하게 넘어지면서, 잠든 고양이처럼 등으로 떨어지려는 찰나에 네오와 눈이 마주쳤다. 네오는 꼼짝도 하지 않았다. 내 생각에는 자기가 내 쪽으로 다가오면 내가 느끼는 심리적 압박이 더 강해질 거라는 점을 네오도 알고 있는 듯했다.

장식품들이 뒤집히며 덜그럭거리는 소리가 잦아들자 주

변이 조용해졌다. 2~3초간 정적이 찾아왔다. 그 무한히 길게 느껴지는 시간 동안, 우리 눈은 서로에게 고정된 채로 상대를 깊이 응시하고 있었다. 네오가 낮고 차분한 목소리로 정적을 깨뜨렸다.

"이제 질문을 시작하는 게 좋겠습니다. 시간이 계속 줄어들고 있어요."

"맙소사, 저 저 정말로 했잖아요. 그냥 어… 없어, 사라지다니. 그게 뭐죠? 속임수? 사라지기? 기적? 아니면 뭐죠? 어디로 갔던 거죠? 고통은 없나요? 어떻게 하는지 보여 주면 안 되나요? 아니, 전에도 이렇게 한 적 있어요? 그러니까 내 말은…."

네오가 다시 손을 들었다.

"드루, 드루, 지금 10초 만에 질문을 일곱 개나 했어요. 대답도 하기 전에. 일어나서 탁자랑 램프부터 제자리에 놓고 종이랑 연필을 가져와서 제대로 하는 편이 낫지 않겠어요? 대답이야 해 주겠지만 시간이 얼마 없으니까 최대한 활용합시다."

"좋아요, 좋아. 그 말이 맞아요. 일어나죠. 소란 피워서 미안하군요. 하지만 휴, 그런 건 본 적이 없어요. 이제 믿을게요. 조금은 믿을 수 있겠어요. 당신은 정상이 아니, 그러니까 내 말은, 나 같지 않다고요, 알죠? 놀라 죽는 줄 알았잖아요."

나는 긴장하여 엉성하게 탁자와 램프를 정돈하면서 아주 기이한 기분이 들었다. 손이 거의 주체할 수 없을 정도로 떨렸다. 공포에 질렸으면서도 한편으로는 안심이 되었다. 전에는 한 번도 경험해 보지 못한 새롭고 낯선 흥분을 느꼈다. 나는 걱정스러우면서 동시에 차분했고, 그런데도 불안이 내 머리에서 날뛰듯 일었다. 그때를 생각하면 아직도 혼란스럽다. 어째서인지 그때 나는 믿기지 않을 정도로 연약하고 무기력하게 느껴졌다. 나는 네오가 조용하고 말이 적지만 무척 강한 남자라는 걸 알았다. 하지만 그럼으로써 네오가 내 고통과 혼란을 느끼고 동정했다는 것도 느낄 수 있었다.

놀라 망연한 채로 나는 책상까지 가서 메모장과 연필을 찾았다. 울고 싶었지만 왜 그런지는 알 수 없었다. 실제로 눈물이 눈에 차오르는 게 느껴졌지만 네오에게 보이지는 않았다. 네오가 내 감정을 안다는 게 느껴졌다. 내 긴장을 늦춰 주려고, 네오는 당황한 내 모습을 보지 않으려는 듯한 몸짓으로 창밖을 내다보았다.

우리는 자리에 앉았다. 나는 연필을 종이에 가져다 놓은 뒤 고개를 들어 네오를 쳐다보았다. 네오는 그저 앉아서 기분 좋은 얼굴로 눈을 치켜뜬 채 나를 쳐다보았다. 마치 공부하지 않은 퀴즈 문제를 풀려고 애쓰는 학생을 기다리는 선생님처럼. 나는 고개를 숙여 울기 시작했다. 왜 그런지 알 수 없지만 통제가 되지 않았다. 네오는 조용히 인내심 있게 앉아서 아무 말도 하지 않았다. 잠시 후 나는 코를 풀고 눈물을 닦은 뒤에 말했다.

"좋아요, 이제 준비 됐어요."

네오가 웃었다.

"드루, 지금 그대가 본 걸 '이동'이타고 합니다. 앞으로 이 단어를 제대로 이해하게 될 겁니다. 사람들은 이걸 '죽음'이라고 불러요. 하지만 세상을 떠나는 것은 '이동'이지 '죽음'이 아닙니다. 삶이 영원하다는 걸 받아들이지 않으면서 죽음을 받아들이는 사람이 그토록 많다는 게 정말 재미있어요. 내가 이 집을 떠나거나, 여행자가 달에 가거나, 누군가 그대를 떠나는 일 등은 모두 '이동'이에요."

마음이 가라앉기 시작했다. 네오의 말은 마음을 차분하

게 해 주면서도 상당히 흥미로웠다. 다시 말을 시작할 때 나는 자신이 없어서 더듬거리기까지 했다.

"좋아요…. 어…, 그, 그러니까 네오 말은 내가 죽을 때 정말 죽는 게 아니라는 뜻인가요? 그러니까 죽는 게 아니라 '이동'하는 거라고요? 그럼 그때 안 아픈가요? 어디로 가는 거죠?"

네오는 웃었다.

"천천히 하세요. 나는 사라질 수도 있고, 드루가 기적이라고 부르는 걸 할 수도 있지만, 속사포 질문에 대답하는 건 못합니다. 하나씩 합시다. 우선 아니요, 아프지 않아요. 고통은 지금 이곳 물질세계와 연관된 인간적인 경험입니다. '이동'은 경험해 보면 아주 마음에 들 겁니다. 어디로 가는지 말해 줄 수야 있지만, 말해 줘도 평면지도를 놓고 3차원 주소를 이야기해 봐야 무엇을 뜻하는지 알아듣기 어렵듯 무의미하게 들릴 거예요."

"조금만 이야기해 줄래요? 지금 적고 있거든요…."

"좋아요. 이런 식입니다. 드루가 아는 죽음과 탄생은 둘 다 '이동'이에요. 바뀌는 건 그 특성, 그뿐이에요. 예를 들어 내가 드루 앞에 나타난 것도 이동입니다. 드루가 태어난 일도 마찬가지로 이동이죠. 하지만 두 경험의 특성은 서로 다릅니다. 하나는 아기 상태로 퇴보한 상태에서 일어나지만 다른 하나는 성인 상태에서 일어나죠. 어떤 존재가 이 세상에 들어오거나 나타난다는 사실은 동일해요. 신생아가 태어나는 사건은 수많은 이유가 복잡하게 뒤얽힌 어떤 목적 때문이고, 내가 좀 전에 사라졌다가 나타난 사건은 그것과 극적으로 다른 일입니다. 그건 그대와 나에게만 연관된 일이고, 목적도 내가 누구인지 증명한다는 것 하나뿐이었죠."

나는 적는 것을 그만두고 그냥 네오를 응시했다.

"죽음이든 이동이든 뭐든 좋으니까 고통에 대해 알려줘요. 그렇다면 사람들이 왜 다들 고통이니 뭐니 하는 걸 그토록 걱정하는 거죠?"

"고통이란 건 동물이 자신을 보호하는 수단입니다. 아주 오래된 보호 체계, 자신을 어떻게 지켜야 하는지 알려주는 보초죠. 우리가 자신을 학대하면, 이 보호 체계가 망가져서 고통이 와도 느껴지지 않습니다. 그렇기 때문에 약물로 고통을 없앨 수 있는 거예요. 이 보호 체계는 비켜갈 수 있거든요. 똑같은 보호 체계가 정신과 영적인 영역에도 존재하지만, 이런 감정적인 고통은 일단 사람이 타락하고 난 뒤에는 감추거나 제거하기가 어렵습니다.”

네오가 말을 이었다.

“개미를 봐요, 드루. 개미가 불길을 피하는 걸 생각해 봐요. 개미가 불길을 피하는 건 고통 때문이 아닙니다. 개미는 고통을 느끼지 않아요, 알다시피. 개미가 불길을 피하는 건 지혜 때문이에요. 개미는 인간처럼 목숨에 집착하지 않습니다. 말벌에게 위협을 받거나 누가 공격할 때, 심지어 잎사귀 하나를 지킬 때도 기꺼이 목숨을 바쳐요. 하지만 불길은 피하죠. 불에 들어가는 게 현명하지 않은 일이기 때문입니다.”

“그럼 개미는 신을 믿나요?” 내가 물었다.

네오가 다시 낄낄거렸다.

“지혜가 뭔지 보여 주는 몇 가지 예를 이야기해 주죠. 보통 인간들은 그걸 ‘상식’이라고 합니다만. 개미의 지혜가 오늘 우리가 다룰 첫 번째 주제가 되겠네요. 그대, 그러니까 인간은 기도할 때 위를 향해요. 그건 신이 하늘에 있다고 생각한다는 뜻이에요. 인간은 무릎을 꿇고 머리를 숙인 뒤에 ‘하늘’에 계신 신에게 기도해요. 하지만 이 작은 개미라는 생물은 기도를 한다면—실제로는 하지 않지만—둥근 지구에서 '위를' 향해 기도할 수는 없다는 걸 알 정도의 지혜가 있어요. 오직 '바깥'을 향해 기도할 수 있을 뿐이라는 걸 알죠. 개미는 인간에게 없는 지혜가 있고, 그것에 따라 움직여요. 인간은 대개 두려움에 따라 행동하고, 따라서 고통을 훨씬 크고 강렬하게 감지하고, 그렇게 살아가야 하죠."

나는 네오의 말을 곰곰 생각했다. 정말 논리적이고 타당했다. 우리는 둥근 지구 위에 산다. 둥근 지구에서 어떻게 '위'가 존재할 수 있겠는가? 두려움과 추론, 창조적 욕망과 희망으로 인류는, 신은 '위' 하늘나라에 살고 악마 따위는 '아래' 지옥에 산다고 믿게 되었다. 손가락을 위로 향하게 할 때 사실 그 손가락은 지구 '바깥' 쪽을 향하지 않는가! 위와 아래는 없다. 죽음도 없다. 오직 변화, '이동'이 존재할 뿐.

내가 개미 농장 위치를 바꿔도 개미들은 모를 것이다. 어쩌면 추운 날 바깥에 놓아두면 기후 변화는 알겠지만, 그렇지 않다면 다른 곳으로 옮겨졌다는 사실도 모를 것이다. 개미는 위나 아래, 자기가 어디에 있는지 따위를 알려

고 하지 않는다. 고통도 느끼지 않는다. 고통을 지혜와 지
식으로 맞바꾸었기 때문이다. 위나 아래 따위를 안다고 해
서 자신을 구원할 수 있거나 자기들의 세상을 바꿀 수 없
다는 것도 안다. 개미는 그저 '존재'한다. 행복하게 살아
갈 뿐이다.

"좋아요 네오, 그러면 당신 말은 우리가 개미 같다는 건
가요? 우리를 항상 지켜보는 사랑 많은 하느님은 없다는
말인가요? 위든 바깥이든 어디든 우리를 지켜보는 신은
있는 건가요? 다들 그렇듯 나도 교회 주일학교에서 신과
인간의 관계가 그렇다고 배웠거든요."

네오가 앞으로 몸을 기울였다.

"드루, 그대는 저 개미들을 사랑하나요?"

"아, 다시 개미 신 이야기군요."

"어때요, 사랑하나요?"

'이동' 후에 신은 존재하는가?

　　네오는 앞서 내가 개미 신이라고 말했다.
나는 그다지 종교적인 사람은 아니었는데도 네오의 말에
조금 화가 났다. 유대 기독교를 따르는 나라에서는 사람들
이 기독교적인 신의 개념에 깊이 세뇌되어 본질적으로 아
무것도 모르는 내용에 대해서도 항변하려고 하기 때문이
다. 개미라면 특정 신앙을 옹호하려고 하지는 않았을 것이
다. 단지 자기 집과 목숨만 지키려 할 뿐

　　"잘 모르겠어요. 개미들이 마음에 들기는 하지만 사랑
이라니…, 글쎄요."

　　"신이 인간을 지켜보고 있는가라는 질문에 대답하기 위
해 신이 어떤 존재인지 보여 주는 두 가지 기본 개념을 설
명하죠. 첫째는 사후 세계가 있는지 알고 싶어 하는 인간
의 엄청난 욕구와 연관됩니다. 사람들은 맹목적인 희망과

믿음으로 예수, 알라, 부처, 크리슈나, 야훼, 아후라 마즈다, 라, 혹은 기타 여러 신이나 그와 유사한 존재와 개인적으로 관계를 맺어야 한다고 자신을 설득하느라 인생을 허비합니다. 사실 이 존재들은 한편으로는 모두 옳지만, 다른 관점에서 보면 모두 틀려요. 또 그렇게 되는 게 맞기도 합니다. 드루, 그대에게 개미 농장이 두 개가 있다면, 그 둘이 똑같은 원칙을 따르도록 할 셈인가요? 어쩌면 지금이라면 그럴지 모르지만, 개미 신으로서 선택한다면 어떨까요.

잠시 상상해 봐요. 자신이 지고의 존재, 개미 신이자 전능한 존재라고. 그럴 때 피조물에게 무엇을 바랄지 생각해 봐요."

"글쎄요, 내 생각에는…, 내게 모든 게 있다면, 힘과 지식과 지혜 등 모든 게 있다면 말인가요?"

"그래요, 모든 게 있다면요. 뭘 바라겠어요?"

"음, 내 생각엔 모든 게 있다면, 더 좋아지고 나아지는 것 외에 바랄 게 없을 것 같아요."

"맞아요. 이뤄야 할 일을 모두 이루고, 모든 걸 알게 되고, 완벽하게 지혜로워졌다면 남는 건 한 가지뿐이죠. '다스림.' 인류는 신이 너무나 위대해서 신처럼 된다는 생각조차 신성모독이라고 여기는 무지의 순환에 갇히고 말았지만, 사실 똑같은 설교, 이를테면 성경에 이런 구절도 나옵니다. '그러므로 하느님이 완전하듯 너희도 완전하여라.' 이런 말을 들으면 사람들은 이해가 가지 않아 좌절하지만, 그럴 때 듣는 대답이라고는 '우리가 하늘나라의 거대한 신비를 이해할 수 없으니 그런 것 때문에 애쓰지 말라'는 케케묵은 이야기뿐이에요.

그게 아니에요, 드루. 사실 '신'은 직함, 어떤 위치를 가리키는 말이에요. 분명 어떤 '존재'를 가리키는 말이기도 하고, 또 그래야 마땅해요. 하지만 그건 신성을 성취한 존재를 말합니다. 신이란 어떤 존재가 다다르는 위치를 말해요. 만약 생명체가 의미 있는 완전함에 도달하려고 노력하고 진화하고 성장하는 것을 막는 존재가 신이라면, 그 신은 영원한 절망의 신, 전제군주 신, 혹은 과대망상에 걸린 신일 겁니다. 하지만 잠시 신이라는 이미지에서 '인간성'을 없애 봐요. 잠깐 동안 그 직함과 지위가 진실하게 억겁의 시간 동안 노력하고 성장하여 얻은 '자리'라고 가정해 보면, 인생과 영원한 삶의 의미를 이해할 수 있게 됩니다.

그러니까 첫 번째는 인간이 죽음 이후에 삶이 있는가 하고 궁금해 하는 것과 관련되고, 두 번째는 자비와 연관돼요. 여기서는 리더십이라고 해 두죠. 대중들은 불평불만과 절망에 빠져 살아가면서 죽음과 부활을 여러 가지로 정의합니다. 죽음이나 부활이 무엇을 뜻하는지 모르다 보니, 신의 발치에 앉아서 눈물로 그 발을 씻기며 황홀경에 빠져 영원히 신을 숭배해야 한다고 생각할 테죠. 이게 합리적인가요? 어째서 신이 수십 억 좀비를 창조하려고 하겠어요? 그건 한마디로 사실이 아니에요.

그러면 자비란 뭔가? 자비는 이 세상에서 발견할 수 있지만, 대부분은 '다음 생은 지금보다 나아질 거야'라고 서글프게 받아들일 때만 발견하게 됩니다. 신은 전장에서 싸우는 사람이나 절름발이나 가난한 자나 비참한 자에게 특별히 자비를 베풀지 않아요. 그런 사람들은 보통 자신과는 아득히 먼 사람들이 호화롭게 살아가는 모습을 TV로 보며 자신은 결코 그리 될 수 없음을 알고 신을 저주하겠죠. 사람들은 대부분 죽고 나면 신의 자비로 더 낫고 즐겁게 살아갈 수 있기를 바랍니다. 희망이 없는 거죠. 죽어서 더 나은 세계로 가는 것 외에는."

나는 네오의 마지막 말을 곰곰 생각했다. "희망이 없는 거죠. 죽어서 더 나은 세계로 가는 것 외에는." 우리가 실제로 더 나은 위치에 도달하려고, 다음 세상에서 보상이나 자리를 얻으려고 노력해야 한다고 암시하는 게 아닌가 하는 의문이 들었다. 이 부분은 분명히 사색해 볼 여지가 있었다. 물론 성경에는 '애씀으로는 구원받을 수 없다'는 구절이 있지만 방금 네오와 내가 논의한 부분은 구원이 아니라 내세가 있는가, 다음 세상에도 어떤 목적이 있는가, 노력해야 할 목표가 있는가 하는 점이었다.

"네오, 그럼 이 세상에서 뭔가를 하면 다음 세상에서 더 나은 위치를 얻을 수 있다는 건가요?"

"바로 그거예요, 드루! 내가 지구에 오는 것도 그 때문입니다. 내가 하는 일, 우주에서 해야 할 내 사명이 바로 그거고요. 난 사람들에게 내세가 있다는 희망을 주려고 여기 온 게 아닙니다. 내세는 사람들이 믿든 안 믿든 있어요. 내가 여기 온 것은 이곳에서 쌓은 '업적'이 나중에 할 일을 결정한다는 사실을 깨닫게 도와주기 위해서예요. 미래에 받을 상벌을 결정하는 열쇠가 바로 업적이에요. 사람이 어떤 사명을 맡게 되든지 잘 해내는 법을 터득하는 것이 지금, 그리고 앞으로 행복해지는 지름길입니다.

생각해 봐요. 그대가 신이어서 이 세상을 창조하고 수십 억 사람이 각자의 수명에 따라 살다가 가도록 계획을 짠 존재라면 어떤 재능이 필요할까요? 제빵사와 농부, 공학도와 주부에 이르는 수많은 재능들은 영원한 왕국을 건설하고, 그 안에 영혼들이 살게 하고, 그 왕국을 성공적으로 넓히는 데 필요한 거대한 재능의 극히 일부에 불과해요.”

“그러니까 네오, 코바늘 역사를 공부하는 할머니나 뇌수술을 집도하는 의사나 가치가 같다는 건가요? 그런 말이에요?”

“당연하죠! 말이 나왔으니 벽돌 만드는 이야기를 해봅시다. ‘업적’이 어떻게 사람의 인생관을 바꾸어 놓는지 보여 주는 멋진 이야기지요. 그 전에는 온 세상을 ‘흑’ 아니면 ‘백’으로 보다가, 행위를 통해 세상에 색깔이 입혀지는 모습을 목격하게 되는 이야기죠.

오래 전 한 목사가 회중 가운데 열심히 하지 않는 사람들을 찾아서 동네를 걸어 다니고 있었어요. 어떤 집 대문을 두드렸더니 웬 노파가 나왔는데, 어느 모로 보나 인생을 포기한 사람이었습니다. 노파는 남편이 50세에 죽은 뒤로 혼자 지냈어요. 자식들도 거의 찾아오지 않았고, 성격도 내성적이었습니다. 노파가 비참하고 고통스럽게 산다는 게 눈에 보였지요. 집 안도 너저분했습니다. 노파가 슬퍼서 자기 연민을 느끼고 있었는데 목사가 문을 두드린 거예요. 노파에게 무슨 말을 해 줘야 할지 모르던 목사는 다음날 일어나거든 제일 먼저 눈에 띄는 것을 공부해야 한다고 말했습니다. 뭔가 관심거리가 생기면 삶을 계속 살아갈 이유가 되어줄 거라고 생각했던 것이지요. 당시에 목사가 깨닫지 못한 것은 관심사에 '업적'이 더해지면 개인뿐 아니라 세상에도 큰 가치가 될 사명이 된다는 점이었어요.

다음날 아침, 노파는 우유를 가져오려고 뒷문을 열다가 발치에 놓인 벽돌을 발견했습니다. 그와 동시에 목사가 조언한 이야기가 떠올랐죠. 노파는 사전에서 '벽돌'을 찾아본 뒤에 백과사전을 펼쳐 봤어요. 그러고는 몇 달 만에 근사하게 차려입고 근처 도서관으로 갔습니다. 그날 노파는 그 동네 건물에 사용된 벽돌이 모두 서로 다른 양식이라는 사실을 처음으로 알아봤어요. 그리고 벽돌이 처음 사용된 것이 아주 오래 전이었음을 알게 되었습니다. 말라 버린 강바닥에 남은 '진흙 덩어리'에서 착상을 얻어 생긴 것이 벽돌이라는 사실과, 고대 사람들이 진흙 덩어리를 쌓아서 조악한 집을 만들었다는 사실을 발견했지요.

이후 벽돌 제조에 관해 처음으로 기록된 것은 기원전 6000년경입니다. 기원전 4000년경에는 체계화된 벽돌 제조가 시작됐어요. 노파는 이집트인과 로마인, 그리고 각 문화의 양식에 대해 배웠어요. 벽돌이 어떻게 점토, 진흙, 모래, 아스팔트, 석회, 콘크리트, 유리로 만들어지는지도 배웠습니다. 색깔과 재질도 공부했고요. 또 오랫동안 간직한 믿음이 깨지게 됐습니다. 노파는 만리장성이 모두 돌로 만든 줄로만 알았는데, 대부분은 햇볕에 말려서 태운 벽돌로 만든 것이었으니. 노파는 계속해서 공부했어요. 공부하면서 생기가 넘치게 되었고, 그래서 아침마다 도서관에 갈 생각으로 일어났습니다. 기원전 6세기에는 에나멜 칠이 시작됐다는 사실도 알았죠. 노파는 눈을 감고 마음속으로 나일 강, 티그리스 강, 유프라테스 강을 여행하면서 진흙 오두막에서 발전하여 오늘날 콘크리트 집이 되기까지 과정을 상상했어요. 이 시의적절하면서도 단순한 착상에 '업적'이 더해지자 한 인생이 바뀐 겁니다. 사실 여러 인생이 바뀌었죠.

이 대단한 노파는 자기 일을 다른 사람의 성과와 비교하지 않았습니다. 단지 자신의 목표이자 임무라고 보았지요. 그 웅대함과 거대함이 노파의 내면에서 실체화되었고, 노파는 그 일을 크고 가치 있게 만들었어요. 이것이 바로 '업적'입니다, 드루. 바로 신이 그대에게 바라는 것이기도 하고요."

네오가 이야기를 끝마칠 때 고등학교 칠판 위에 붙어 있던 문구가 떠올랐다. 거기에는 헬렌 켈러의 말이 쓰여 있었다.

"나는 위대하고 고귀한 일을 하고 싶다. 하지만 내 주 임무는 하찮은 일을 마치 위대하고 고귀한 일인 양 해내는 것이다. 세상을 이끄는 힘에는 영웅들의 강력한 추진력도 있지만 정직한 일꾼들이 보태는 작은 힘의 합도 있다."

네오의 이야기를 들으니 이 인용문이 무엇을 뜻하는지 처음으로 이해할 수 있게 됐다. 흑백의 세상에 생기 넘치는 색이 더해진 것이다.

네오는 7세기에 신에게 천문학자가 두 명 필요했다는 이야기를 했다. 그 학자들과 함께 수천 명이 인도를 받았다고 한다. 그 중 두 사람이 선택되었는데, 하나는 알렉산

드리아 출신이었고 다른 하나는 고대 중앙아메리카 출신이었다. 네오는 알렉산드리아 출신 과학자는 자세히 이야기하지 않고 마야 출신 학자에 관해 이야기했다. 이 마야 학자는 칠란^{Chilan}(철자는 내 추측이라 정확치 않다)이라는 위대한 천문학자 밑에서 고대 우슈말과 티칼의 대학에서 공부했다고 한다. 이 사람은 점점 지식이 풍부해져서 스승 칠란을 뛰어넘게 됐다. 신은 툴룸의 고대 성지에서 신을 숭배하는 젊은 학자를 선택해서 커다란 임무를 맡겼다. 네오는 자기가 그 학자와 동행하는 임무를 맡았다고 이야기했다. 나는 '신이 선택했다'는 말에 충격을 받았다. 하지만 아직 대화를 시작한 지 얼마 안 돼서 자세히 물어 볼 엄두가 나지 않았다. 읽다 보면 알겠지만 나중에 네오는 이에 대해 자세히 이야기한다.

"맞아요, 드루. 신은 '업적'을 원합니다. 훌륭한 어머니, 천문학자, 의사, 낚시꾼, 공학도를 원해요. 신에게는 정원사와 기획자와 시계장이가 필요합니다."

'시계장이라고?'

나는 생각했다. 신이 몇 시인 줄도 모른다는 뜻인가?

시계장이

난 그냥 나일 뿐이지 신이 아니에요. 당신도 신이 아니고요!

난 먹고살려고 날마다 일도 하고 매달 돈도 내고, 게다가 남의

아파트에 쳐들어가지도 않는다구요.

"일상사를 고려하지 않고, 일상의 문제를 해결하는 데 도움이 되지 않는 종교는 종교가 아니다."

_ 마하트마 간디

"네오, 네오 말을 들으면 내 느낌에는 우리가 시합장에 올라서 있고, 제우스 신이 우리를 내려다보며 그리스 신화에 나오는 것처럼 불화를 일으킨다는 얘기 아닌가 싶은데. 정말 그런 건가요?"

"아니오, 신은 문제를 만들어내지 않습니다. 하지만 그대 말에는 흥미로운 진실도 담겨 있어요. 그리스인들의 삶은 오늘날 우리가 읽는 신화와 그리 동떨어져 있지 않았어요. 오늘날 유대 기독교, 이슬람교, 힌두고나 다른 종교 철학자들이 자신들의 논리와 그리스 철학을 혼합해 본다면,

그 결과에 놀라 버릴 겁니다.

　그리스인은 지구 역사상 가장 성공적이고 영향력 있는 사람들이었어요. 그리스 신화는 아이 교육 자료로 쓴 것이지요. 그리스인은 비유와 우화로 아이들에게 삶의 원칙들을 가르쳤습니다. 초기 유대교와 기독교 역시 이와 마찬가지로 우화와 비유로 글을 썼고, 이것은 아직도 역사적인 교리로 남아 있죠. 기본적으로 이 글은 아이들을 가르치려고 쓴 것이에요. 뱀은 이브에게 말을 건 적이 없고, 모세는 신과 얼굴을 마주보고 이야기했지 불타는 숲을 보고 이야기한 게 아닙니다. 욥은 정확히 양 14000마리를 되살리지 않았고, 신은 회오리바람을 통해 말하지 않았구요. 또 한 가지 내가 단언할 수 있는 건, 사탄과 하느님의 일상적인 대화가 결국 욥을 놓고 서로 내기하는 이야기로 끝나는데, 이 부분이 실제 있었던 일인 데다 꽤 정확하다는 점입니다. 그리고 혹시 내가 어떻게 아는지 궁금하다면 엘리바스와 빌닷과 소발이 누군지 찾아봐요. 재미있을 테니. 그 사건이 일어날 당시 나도 거기에 있었습니다. 요즘 알려진 이야기는 실제와는 달라요. 설화가 돼 버렸지요. 하지만 주제나 원리는 여전히 유효합니다.

신에게는 '업적'이 필요해요. 일정 수준의 업적을 쌓으면 지상에서 배워야 할 '재능'을 터득하게 됩니다. 시계 만드는 법을 배울 수 있는 사람은 세상에 어마어마한 가치를 더해 줄 수 있어요. 능숙하게 터득한 기술은 여러 다른 일에도 적용될 수 있지요. 시계장이는 TV 쇼에 나오는 시끄러운 목사보다 훨씬 고귀한 내세를 누리게 됩니다. 가정주부가 대단한 심리학적 통찰과 기술을 습득하게 되면 내세에서 훨씬 가치 있는 선물을 받게 되죠.'

나는 개미 농장을 내려다보았다. 개미들이 잔걸음으로 돌아다녔다. 나는 처음으로 개미들 각각을 특별하게 바라보려고 애썼다. 하지만 해내지 못했다. 내 눈에는 모두 몸뚱이와 다리가 뛰어다니는 것으로만 보였다.

나는 네오에게 신이 자신에게 필요한 특정 재능을 이끌어내려고 인간사에 개입하는 일은 없는지 물었다. 나는 이미 답을 알면서도 그리스인이 남겨 준 가르침에서 얼굴을 돌린 채로 평생 살아온 것 같았다. 우리는 대부분 그 가르침을 믿기는 하면서도 결코 인정은 하지 않는다. 네오의 대답에 나는 충격을 받았다.

"당연하죠. 신은 당신의 계획에 따라서 사람들을 세우

기도 하고 인도하시기도 합니다. 그렇다고 신이 부르는 사람들이 그 소리를 듣는다는 뜻은 아니에요. 대다수는 듣지 못하지만, 신은 사람들에게 뭘 하라거나 어떤 사람이 되도록 강요하지 않습니다. 그대가 개미를 강요해서 뭘 시키지 못하는 거나 마찬가집니다. 유전코드가 아니라 자유의지가 있는 생명이라면 더더욱 힘들겠죠."

"하느님이 선택해서 자신의 뜻에 따라 인도한 사람이 누군지 알려 줄 수 있나요?"

"물론이죠! 훌륭한 질문이에요. 인간들이 르네상스라고 부르는 14세기에서 17세기까지의 시기를 같이 살펴봅시다. 그 시기에는 신의 계획상 위대한 거장들이 상당히 필요했어요. 하지만 좀더 구체적으로 질문에 대답하자면, 신은 한때 어떤 사업에 쓸 과학자와 예술가가 필요했습니다. 그래서 같은 해에 태어난 사람 천 명 이상에게 영감을 주었고, 그 가운데 두 사람을 선택했어요. 그보다 오래된 과거에는 철학자와 웅변가가 한 명씩 필요해서 마찬가지로 천 명에게 영감을 주었고, 그 중에 데모스테네스와 아리스토텔레스를 선택했습니다. 두 사람 다 기원전 384년에 태어나 322년에 세상을 떠났어요. 두 사람은 세상에 나타났다가 떠났고, 지금도 한 조로 활동하면서 지상에서 했던 일을 종종 논의합니다. 두 사람은 내 친굽니다. 정말 대단한 사람들이지요. 데모스테네스는 역사상 가장 뛰어난 웅변가였어요. 젊은 시절에는 말을 잘 못했습니다. 언어장애가 있어서 깊이 상심했어요. 알려진 동굴 이야기는 사실이에요. 데모스테네스는 산에 올라가서 동굴을 발견하고는 그 안에 들어가 어눌한 말솜씨를 극복했어요. 입에 작은 돌멩이를 넣고서 말하기를 연습했죠. 일정 시간 꾸준히 연습하자 신체장애를 이겨낼 수 있었습니다.

하지만 이때 데모스테네스가 극복한 것은 신체장애만이 아니었어요. 게으름이라는 문제와도 씨름했던 것이죠. 데모스테네스는 자기 안에 위대함이 깃들어 있음을 알았고, 날마다 자신이 해야 하는 일을 알면서도 하지 못한다는 사실 때문에 몸부림쳤습니다. 그래서 목표를 정하고는 분투하여 지상에서 가장 뛰어난 웅변가가 된 겁니다. 약점을 강점으로 만들려고 노력한다는 이야기에 맞는 사람들 가운데 가장 훌륭한 사례가 바로 데모스테네스예요.

그럼 아리스토텔레스는 어떨까요? 위대한 영웅 아리스토텔레스는 6년간 젊은 정복자 알렉산드로스 대왕에게 당대에 가장 뛰어난 지도자가 되는 방법을 가르쳤지요. 아리스토텔레스는 플라톤에게서 소크라테스와 플라톤 철학을 배웠어요. 아리스토텔레스는 두 위대한 철학자를 그대로 드러내주는 화신과 같았고, 데모스테네스와는 기질이나 외양 면에서 정반대였습니다. 체격도 작고 가냘픈 데다 매력적이지도 않았어요. 얼굴은 별 특징이 없었고 목소리는 귀에 거슬렸습니다."

나는 네오가 2천 년 전에 살던 사람들과 친분이 있다는 말에 놀랐다. 그 말을 들으니 종교에 관해 내가 아는 모든 지식이 아주 생생하게 다가왔다. 나는 요즘에도 네오가 사람들에게 관여하느냐고 물었다. 네오는 바로 그게 자기 일이라고, 그 때문에 나와 대화하는 거라고 대답했다. 나는 천사가 나에게 올 정도로 나, 혹은 내 '사명'이 뭐가 그렇게도 특별하냐고 묻고 싶었다. 하지만 관두기로 했다. 그때 이후로 나는 줄곧 그것을 생각했고 몇 가지 결론을 끌어냈다. 하지만 아직도 생각하는 중인 데다 '왜 나야?'라는 문제로 독자의 시간을 잡아먹고 싶지는 않다.

네오는 사람들과 함께 일한다는 게 무슨 뜻이냐는 내 질문에 또 다른 질문으로 대답했다.

"어떤 부분을 말하는 것인가요? 예술? 정치? 종교? 과학? 음악?"

"네, 음악이요! 당신이 도와주는 음악가가 누구죠?"

네오는 음악이 자기 임무가 아니라고 말하면서 그 임무를 맡은 존재들과 같이 일한 적은 있다고 했다.

"음, 그대가 모르는 이름도 많을 겁니다. 대개 불후의 위대함을 남기기 위해 대기 중인 사람들은 유명인이 아니니. 하지만 제이미 슈마진스키와 수잔 치아니 같은 사람들은 앞으로 크게 되는 축복을 받을 사람디에요. 그 사람들도 자기 뒤에서 천사가 돕고 있다는 걸 모르는 일이 많습니다. 같은 길을 걸어가야 할 사람들끼리 서로 경쟁하는 일도 많지만, 그 사람들은 그걸 모르지요. 캐나다의 어떤 곳에서는 진 더게이가 날마다 자기 재능을 개선하고 있지만, 애리조나의 사막 산 중에서 로빈 밀러가 이미 자기 사명을 발견하고 천사들과 교감하고 있다는 사실은 모릅니다. 물론 로빈 밀러의 음악을 느껴 보기 전에는 그 사람과 그의 음악에 대해서 사람들에게 듣는 게 전부겠지요. 하지만 직접 느끼고 경험하기 전에는 천사가 로빈 밀러를 얼마나 도왔는지는 알 수가 없습니다. 반대로 진은 인생과 자신의 위치를 즐기면서 '업적'을 쌓아가고 있어요. 하지만 천사들이 자신의 생각과 노력과 '업적'을 직접적으로 이끌었다는 건 모릅니다. 어쩌면 앞으로 천 년 뒤에 네 사람이 각기 다른 차원에서 협력하게 될지도 모르겠군요."

네오는 종교든 음악이든 철학이든 과학이든 시계 만들기든, 오늘날에도 수많은 팀이 스스로도 아직 모르는 미래를 위해 일하고 있다고 설명했다. 그리고 네오의 말을 빌리자면 내가 이해할 수 없는 오랜 시간 동안 그런 식으로 흘러왔다고 했다. 네오가 이어서 말했다.

"공자와 싯다르타가 살았던 시대를 찾아봐요. 지금 두 사람은 같이 일하고 있습니다. 두 사람은 지상에 살면서 사람들에게 철학과 깨달음을 주었어요. 서로 떨어져 있었지만 동시대에 살았지요. 이런 사람들이 바로 '업적'을 쌓은 사람이에요. 하지만 이건 꼭 말해 줘야겠군요. '업적'은 명성과는 거의 상관이 없어요. 이름 없는 시계장이, 화가, 과학자, 철학자, 교사, 공학자, 어머니가 이곳에서 재능을 얻어 다음 세상에서 훨씬 가치 있게 쓰일 겁니다.

드루, 우주에는 끝없이 많은 세상이 있어요. 지구에 사는 수십 억, 수십 조 생명으로도 우주에 존재하는 헤아릴 수 없이 많은 생명을 대변할 수는 없지요. 신은 '업적'을 원합니다. 자신의 사명을 실행할 수 있는 사람들에게 의지하는 것이지요. 신은 시계장이를 선택할 때 단순히 시계장이가 되라는 게 아니라 리더로서의 역할도 맡깁니다. 사명을 알고 어떤 상황에서도 이행할 수 있는 사람은 누구라도 사후 세계에 귀한 존재가 됩니다."

그런 후 네오는 그때 나로서는 이해하지 못할 이야기를 했다. 나는 나중에야 네오가 뭘 가리키는지 알아내었다. 네오는 생명의 기본을 이해하고 발견하는 데 큰 공을 세운 어떤 과학자가 사후 세계에서 인간으로서는 이해하지 못하는 대단한 영광을 누리느라 바쁘다고 이야기했다. 뒤에 남아서 그 과학자의 공로를 가로챈 사람들은 영광으로 가는 길에는 지름길이 없다는 사실을 오랜 세월 동안 느끼게 될 거라고도 했다. 나중에 나는 네오가, DNA 연구에서 로잘린드 프랭클린이 이중나선 구조를 발견한 것을 두고 이야기했다고 확신하게 됐다. 이 글을 쓸 당시 제임스 왓슨과 프랜시스 크릭과 모리스 윌킨스는 살아 있었다. 세 사람은 모두 DNA 이중나선 구조 연구 공로를 인정받아 노벨상을 받았다. 네오는 프랭클린이 지금의 세 사람보다 수

광년은 진보한 사람이었다고 말했다.

나는 궁금증을 참지 못하고 물었다. 네오나 다른 천사가 도와주는 유명한 배우나 가수가 없냐고. 네오는 몇 사람을 언급했지만 이름을 밝혀서는 안 된다고 했다. 나는 그 사람들 이름을 듣고 뒤로 넘어질 정도로 놀랐다. 그 사람들이 지금 영화와 비디오에 나오므로 누구인지 말할 수는 없지만, 이들을 보면 이제는 친근한 느낌이 든다.

"그러니까 네오, 하느님이 시계장이를 아끼신다는 건가요? 하느님이 특정한 사람을 골라서 특별한 축복을 준다는 말인가요? 내 귀에는 그렇게 들리는데. 하느님도 누군가를 편애하나요? 그게 사실이라면 어떻게 해야 하느님에게 사랑받을 수 있죠?"

"드루, 잘 들어요. 여러 철학과 교리에 보면 받은 게 많은 사람은 기대도 많이 받게 돼 있다고 합니다. 바로 그것이 사후 세계의 실상이에요. 어떤 사람이 위대해지기를 추구하면, 신은 그 사람이 두각을 나타내게 해 줄 시험과 도전을 보냅니다. 하지만 이건 인간들 표현을 빌리자면 '민감한' 사안이에요."

"우리 인간들이라고요? 그럼 위대하신 천사님, 어떻게

해야 위대한 하느님께 사랑받을 수 있을깝쇼? 이 미천한 인간이 어떻게 해야 할깝쇼?"

네오와 나는 같이 웃었다. 네오가 말했다.

"업적을 쌓으세요. 내가 해 줄 말은 그것뿐이에요. 업적을 쌓으세요. 장님이어도 업적을 쌓으세요. 건강해도 업적을 쌓고, 말수가 적어도 역시 업적을 쌓으세요. 목소리가 크더라도 같습니다. 어떤 직업이나 취미를 선택했든지 업적을 쌓으세요! 이것이 신과의 관계라는 문을 열고 사후 세계에서 안정된 미래를 보장받는 열쇠입니다. 시계장이 치고 가난한 사람이 없다는 걸 명심하세요. 시계장이는 극소수 사람만이 습득하는 독특한 기술을 얻는 데 필요한 수양을 쌓아 숙련된 마이크로 공학잡니다. 이 사람들은 신의 눈에 대단히 가치 있는 도구로 보이죠. 화가나 과학자나 음악가나 교사도 마찬가집니다. 업적을 쌓으세요. 천직이 무엇이든, 선택한 직업이 무엇이든."

"네오, 역사나 고대 종교 이야기를 읽다 보면 사람 사는 게 계속 반복되는 것 같아요. 역사 자체가 반복되는 것 같다는 말이에요. 인간이란 존재가 아무것도 배우는 게 없다는 느낌이에요. 고대에도 종교전쟁이 일어났는데, 여전히 마찬가지죠. 하느님의 이름을 걸고 서로 죽이다니! 게다가 가끔은 양쪽 모두 같은 이름으로 부르기까지 한다니까요! 보아하니 3천 년 전에도 서로 다른 종교를 믿던 뛰어난 성취가가 있었던 거 같군요. 그런데 왜 아직까지 바뀌지 않았죠? 지금도 마찬가지 아닌가요? 업적이 사후 세계에서 성공하는 중요한 열쇠라면, 이렇게 많은 종교가 있어야 할 이유가 뭐죠? 그 중 한 종교, 혹은 어떤 사람이 나타나서 나머지 종교를 하나로 모으지 않은 이유가 뭐죠?"

"이제 이해가 좀 가는가 보군요, 드루. 논리를 이해하기 시작한 겁니다. 그대 말이 맞아요. 카인은 지금도 아벨을 죽이고, 사탄은 지금도 하늘나라에서 반란을 일으키고, 그리스 신화에 나오는 파리스는 여전히 다른 남자의 아내와 사랑에 빠지고, 다윗 왕은 아직도 밧세바가 목욕하는 걸 지켜봅니다. 아브라함과 이삭은 아직도 자기 아내가 여동생이라고 이야기하죠. 술에 취해 인사불성이 되면 롯이 두 딸에게 저지른 것과 같은 짓을 지금도 저지릅니다. 이런 일들을 보고 믿음과 미래를 잃어버리는 사람도 분명히 많을 테지요.

그대가 가장 받아들이기 어려운 건 종교가 그저 '신을

섬긴다는 명목의 모임'에 불과하다는 사실일 겁니다. 그 중 하나를 골라서 참여하기는 그다지 어렵지 않아요. 하지만 일단 들어가면 기본적인 교리를 따르고, 봉사도 하고, 헌금도 해야 하죠. 헌금은 건물을 짓고 모임을 키우는 데 씁니다. 모임이 재미도 있고 유익하다고 생각하면 계속 믿음을 지키겠죠. 하지만 지루해지거나 뭔가가 마음에 들지 않게 되면 추방되거나 반대로 제 발로 걸어 나오게 됩니다. 드루, 지금이나 3천 년 전이나 똑같아요. 정확히 그대로죠!"

"잠깐만요. 그럴 리가 없어요. 나도 평생 교회에 나갔지만, 어, 그러니까 어떻게 교회를 하느님 모임이라고 할 수 있죠? 신앙이야 얼마든지 여러 가지가 있을 수 있겠지만…."

네오는 내가 무척 흥분했다는 걸 알았다.

"면담, 그만둘 건가요?" 네오가 물었다.

"아뇨, 그건 아니지만…."

"드루, 그대가 믿는 종교는 훌륭해요! 나는 교회나 종교나 신앙이 나쁘다고 이야기하려는 게 전혀 아닙니다. 거의 모든 종교는 기본적으로 사람들에게 좋은 단체예요. 인간이란 모든 면에서 어떤 체계가 필요한 법입니다. 유전코드에 따라 움직이는 개미들과는 달라서, 인간은 스스로 계획을 짜야 합니다. 스스로 계획을 짜든, 이미 만들어진 계획을 따라가든, 인간은 스스로 길을 찾고, 구원을 찾아 마침내 자신을 진정으로 사랑할 수 있게 됩니다. 다른 누군가에게 주는 사랑보다 훨씬 큰 사랑을요. 인간이 실제로 업적 쌓기를 진실하게 해내기 시작할 때가 바로 그때죠. '이동'이 일어나기 전에 이 상태에 이르는 사람은 극소수예요.

종교를 가장 잘 설명하는 길은 비유일 겁니다. 좋은 의미에서 종교는 자동차와 같아요. 여러 가지 모델이 있는데 어떤 건 신형이고 어떤 건 구형입니다. 각각이 하는 일도 서로 다르지만, 대개는 사람들을 어딘가로 데려다 주죠. 과시용도 있고 고물도 있지만 대다수는 실제로 유용하게 쓰입니다. 거의가 같은 연료로 달리고, 바퀴가 넷이고, 운전대에 유리창이 있다는 점은 비슷해요. 기본은 사람들을 한 곳에서 다른 곳으로 이동하게 해 준다는 겁니다.

고물차든 벤틀리 모델이든 사람을 A지점에서 B지점으로 이동시켜 준다는 점은 똑같다는 걸 명심하세요. 더 빠르고 멋지고 비싼 모델도 있냐구요? 물론입니다. 하지만 하는 일은 똑같아요."

나는 마음속으로 네오가 뱉은 말을 곱씹고 있었다.

"업적 쌓기를 해낼 때? 이동? 잠깐 잠깐요. 그 이동이라는 게 '죽음'을 말하는 거죠? 업적은 '성취'를 말하는 것이고. 네오, 당신 말은 대단한 업적을 이룬 사람만 천국에 간다는 겁니까?"

"전혀 아니에요. 하지만 드루가 생각하는 것 같은 천국은 없어요. 단지 이 세계와 비슷한 차원들이 존재할 뿐입니다. 오직 유명한 예술가나 뛰어난 인물이나 기업계 거물만 더 나은 곳으로 간다는 가정은 하지 말아야 해요. 이 집처럼 아파트에서 홀로 조용히 사는 사람도 어떤 일을 배워서 그 분야에서 뛰어나게 되면 우주에서 필요한 사람이 됩니다. 두각을 드러내고, 아파트라는 세상에서 벗어나 지금 큰일을 해내는 것—명성을 얻든 못 얻든 부자가 되든 안 되든—그것이 신이라는 지위를 얻는 옳은 길이에요. 창조하는 신, 디자인하는 신, 아름다움을 관장하는 신, 과학을 관장하는 신이 있습니다. 개미 농장을 관리하는 신도 있죠. 아쉽고 딱한 일이지만, 마지막으로 신이 되지 못하고 태아 상태로 머무는 사람도 있습니다. 위대함의 씨앗이 있으면서도 날마다 가난에 허덕이는 개미와 바퀴 같은 사람 말입니다. 그건 그 사람들이 환경에 못 이겨서 진보하지 못했기 때문이에요. 이런 사람들은 '바퀴 십장'에게 자기 삶을 내맡긴 채 천박하고 더럽고 비참하게 삽니다. '이동'이 일어나고 나면, 어떤 부분에서도 두각을 나타내지 못한 이 사람들은 큰일을 해낸 사람들을 섬기는 일 밖에 할 일이 없어요.

신은 모든 생명이 뭔가 성취해 내기를 기대하고, 그들이 하는 일을 필요로 하고, 또 그 일을 도와줍니다. 이 생명들은 두각을 나타내지 않으면 안 됩니다. 아니면 자신의 자리와 자신이 이룬 일에 만족해야 하죠. 이 세상, 곧 지구의 신은 자기 집을 쓸고 깨끗이 정돈하는 여성을, 세상이 더 나아지도록 재물을 쓰는 억만장자를, 사지가 마비됐지만 지성으로 인간의 가능성을 넓히는 사람을 주목합니다. 이란에서 지진이 일어나 진흙으로 만든 마을이 무너졌을 때, 즉시 가서 무너진 것을 복구하고 바로잡는 사람은 누구일까요? 같은 때 그저 앉아서 아무 일도 하지 않는 사람은? 업적은 환경으로 결정되지 않습니다. 그대가 업적을 쌓으려 할 때 신이 지켜본다는 걸 믿으세요. 신은 간디가 물가로 가서 잔을 소금으로 채우는 모습도 지켜봤습니다."

나는 네오의 마지막 말에 관해 찾아보았다. 1930년 3월 12일, 영국이 인도에 독점권을 행사하고 특히 소금에 세금을 부과해 소금 생산을 가로막자, 간디는 이에 항의해 아마다바드에서 시작해 단디 해안까지 총 390킬로미터를 걷는 '단디 행진'을 시작했다. 그곳에서 간디는 소금을 한 줌 추출했고, 그때부터 비폭력 저항 운동으로 영국의 통치력이 약해지기 시작했다.

마하트마 간디와 관련해, 나는 네오가 내게 말해 준 내용과 상당히 맞아떨어지는 (간디가 쓴) 인용문을 여럿 발견했다. 이를테면 다음과 같다.

"종교는 마음의 문제다. 신체적으로 아무리 불편하다 해도 그 때문에 반드시 종교를 포기하게 되는 것은 아니다. … 각 사람이 믿는 종교는 철학적 관점에서는 하찮을지라도 그 사람에게는 가장 옳다는 것을 명심하라. … 각 사람에게 종교는 결국 자신과 조물주 사이의 문제다. …"

이 글은 내게 '각자가 믿는 종교가 그 사람에게는 올바른 종교'라는 생각을 확증해 주는 것 같았다. 사람은 자신이 믿는 신앙의 교리에 따라 심판을 받는다는 뜻이다.

네오가 계속해서 말했다.

"드루, (세속적으로 힘든 환경에서 사는) 이 사람들에게 내세를 이야기하는 종교들은 아주 좋은 것이고, 또 실제로 그 사람들에게 위안이 됩니다. 이 종교들은 사람들에게 언젠가는 비참한 상황에서 벗어나 쉬게 될 거라고, 그리고 은총을 받아 더 낫고 행복하게 살게 될 거라고 가르치죠. 하지만 아쉽게도 종교들은 이 세상에서는 비극이 계속될 거라고 이야기하면서 오직 신앙과 인내에만 희망이 있다고 합니다. '업적 쌓기'를 장려하지는 않는다는 말입니다. 도덕적이고 윤리적인 행동은 어느 정도 장려하지만, 대개는 신이 바라는 길로 인간을 끌어올려 주지도 않고, 이 세상에서 한 행동이 다음 세상에서의 삶에 영향을 준다고 가르치지도 않습니다."

간디의 말을 한마디 더 인용해 보자.

"태어나고 죽음은 서로 다른 두 가지 상태가 아니라 같은 상태의 다른 양상일 뿐이다."

간디의 글을 읽으면 읽을수록 나는 간디가 네오를 알았다는 생각이 들었다. 1948년에 세상을 떠난 후로 간디가 무엇을 하고 있을지 궁금하다. 네오에게 물어 보지 않은 게 후회스럽다.

네오는 내게 때로는 직접적인 답을 줬지만, 대개는 미묘한 답만 제시했다. 그러고는 내게 그 답의 의미가 뭔지 (나중에) 찾아보라고 했다. 각각의 답이 또 다른 수천 가지 의문을 불러일으킬 거라면서. 답을 찾아가는 과정에서 나는 온갖 종교를 깊이 이해하게 되었다. 사실 지금은 '그 대단한 과학이라는 것도 하나의 종교가 될 수 있지 않을까' 하고 생각해 본다. 나는 정밀한 수공 시계가 작동하는 복잡하면서도 멋진 모습을 보면 경탄하게 된다. 이것이 인간 내면에 신성이 있다는 증거 아니겠는가? 그렇게 작은 것이 그토록 오랫동안 잘 작동하도록 해 주는 과학이라는 것이 참으로 놀랍다. 시계장이의 경이적인 재능과 마이크로칩 공학자의 재능은 서로 다르지만, 두 사람은 상당히 영적인 방식으로 연관돼 있다. 내가 보기어 과학과 종교 사이에는 더 이상 심해처럼 깊은 골은 존재하지 않는다. 그저 유리 조각에 난 흠집 정도의 차이가 있을 뿐.

신의 눈물

난 그냥 나일 뿐이지 신이 아니에요. 당신도 신이 아니고요!

난 먹고살려고 날마다 일도 하고 매달 돈도 내고, 게다가 남의

아파트에 쳐둘어가지도 않는다구요.

"네오, 한 가지 물어 보고 싶은 게 있어요. 마음에 걸리는 거예요. 그것도 아주 많이. 오래 전에 교회 주일학교에 갔을 때 교회 선생이 읽어 준 성경 구절에 하느님이 사람을 만든 것 자체를 후회했다는 내용이 있었어요. 그 구절이 창세기 6장 6절이라는 걸 난 한 번도 잊지 않았죠. 그런데 내가 대학에서 심리학 강의를 들을 때, 부모가 아이에게 할 수 있는 최악의 말이 낳지 말 걸 그랬다고, 또는 낳고 싶지 않았다고 후회하는 말이라는 걸 배웠어요. 그 후로 계속 궁금했어요. 하느님도 우시나요? 하느님은 항상 우리를 사랑하시나요, 아니면 창세기에 나온 내용대로 후회하시기도 하나요? 하느님도 후회라는 걸 하나요? 우리가 하느님에게 짐이 되는 건가요? 이런 의문들이 마음에서 떠나질 않았어요. 하느님도 감정이 있다면,

그리고 사람들이 대부분 정말 쓰레기 같은 존재라면 인간들을 보고 기분이 좋아지기보다는 나빠지지 않겠어요?"

"아주 훌륭하고 대단한 질문입니다. 칭찬할 만하군요. 기독교가 그 신앙과 관련한 수많은 의문을 제대로 풀어 주지 못한다는 건 참으로 흥미로운 일입니다. 가령 아담과 이브 이야기를 읽어 보면, 하느님이 아담에게 질문하는 내용이 나옵니다. '아담아, 네가 어디에 있느냐?'(창세기 3장 9절) 논리적인 사람이라면 '전능한 신 맞아? 아담이 어디 있는지 알아야 하는 거 아냐?'라고 생각할 겁니다. 하지만 아이들의 미숙한 지성으로는 감히 선생에게 질문을 하지 못하는 게 보통이죠."

"바로 그거예요! 이해하는군요, 멋져요!"

"신들의 차원은 그대가 아는 지상 세계보다 그저 더 높고 흥미로운 세상일 뿐입니다. 물론 모든 게 이곳보다 낫지요. 하지만 넓은 세상을 다스린다고 해서 눈물 따위는 없다는 생각은 그릇된 발상이에요. 어디를 가나 선택은 존재하고, 따라서 믿음도 존재합니다. 사람들에게는 신이 존재한다는 믿음과 죽은 후에도 삶이 이어진다는 믿음이 필요해요. 이 믿음을 통해서 다음 단계의 지식을 얻게 되죠.

하지만 그 반대로 작용할 수도 있습니다. 신은 인간들의 자유의지를 통제하지 못하지만 인간을 '믿어요.' 인간이 세상에서 업적을 쌓아서 다른 사람을 이끌어 주려고 세상으로 돌아오기로 하든, 아니면 이번 생애에는 성장하지 못하고 제자리에 머무르든 신은 인간을 믿습니다. 인간이 둘 중에서 하나를 선택하면, 그에 따라 미래가 결정되지요."

"좋아요. 그럼 네오, 나쁜 쪽을 선택하는 사람은 어떻게 되죠?"

"자신의 책임을, 신의 은총을, 발전을 거부하는 사람들이 '죽음도, 슬픔도, 눈물도, 고통도 없는' 낮은 차원에서 안식을 얻는다는 것은 사실입니다. 성장하지 않는 차원의 세계에서만 눈물과 실망이 없이 살아갈 수 있어요. 자유의지가 있어서 선택할 수 있는 존재에게는 좋은 선택뿐 아니라 나쁜 선택도 있을 테니까 말이지요. 아들이나 딸이 떠난다는 것은 실망스러운 일이 될 겁니다."

"잠깐만요, 네오. 내가 읽기로는 성경에 천국에는 '더 이상 눈물이 없다'라고 나온 걸로 기억하는데요."

"그건 맞습니다. 계시록에 기록된 내용이지요. 하지만 그건 더 높은 위대한 차원에 도달하지 못하는 사람에게만 해당되는 말입니다. 신이라는 직함을 얻는 차원까지 오르려는 사람이라면, '길 잃은 영혼'이 언제나 존재하리라는 점을 이해하지 않으면 안 됩니다. 인생의 한 가지 측면은 상실을 경험하는 것이고, 이것을 제대로 배우려면 진보의 '열쇠'를 이해해야만 하죠.(열쇠는 나중에 다시)

사실 원문을 제대로 보면 신이 눈물을 닦아 주신다고 기록되어 있지만, 닦아 낼 눈물은 항상 흐를 겁니다. 끝없이 커지는 우주에서는 언제라도 실망할 일이 생기게 마련이지요. 하지만 영원한 안식을 선택하는 사람들은 성장도, 지배도, 도전도 마주치지 않아요. 다행히도 그 사람들에게는 더 이상 슬픔도, 고통도, 눈물도 없습니다. 하지만 잊지 마세요. 어떤 경우든 '더 이상 존재하지 않는 죽음'은 없습니다."

"네오, 그러니까 네오 말은 지옥보다 천국에서 더 눈물을 많이 흘리게 된다는 건가요?"

"눈물? 좋지 않은 길을 택한 사람들에 대한 슬픔을 말하는 거겠죠. 모든 건 각자 어떤 단계까지 갔는가에 따라 달라집니다. 천국에서도, 지옥이나 지상에서나 마찬가지로 자신이 바라는 대로 행복이나 절망이라는 정거장을 만들

게 됩니다. 인간이 선택하는 거죠. 성경에 보면 하느님이
영적 차원에서는 '아침의 아들 루시페르'를 잃어버리고,
물질 세상에서는 '사람의 아들 예수'를 잃어버린다고 나
옵니다. 아버지인 하느님이 느끼는 고통이, 자식을 잃어버
린 세상의 아버지가 느끼는 고통과 다를 바 없다는 점에는
의심할 여지가 없어요. 하지만 신성이 빛나는 존재는 그것
을 극복하고 잊어버릴 수 있죠. 현재도, 앞으로도 실망스
러운 일은 존재할 테지만 절망은 없습니다. 신들이 눈물을
흘리느냐고 물었죠? 물론이에요. 특별한 재능이 사용되지
않고, 싹을 틔우지 못한 채 시들 때 눈물을 흘립니다. 몇
가지 단순한 규율만 따르면 잠재력을 모두 끌어낼 수 있는
데도 그걸 하지 못한다면 안타까운 일이겠지요. 상실에 관
한 이런 깨달음은 인간이 살아가는 동안 경험해서 얻어내
야 합니다. 그건 동물처럼 유전 코드로 집어넣을 수 있는
것이 아닙니다."

이 내용은 내게는 도무지 이해가 가지 않았다. 당신도
아마 그러리라. 앞으로 나오는 이야기를 듣다 보면 훨씬
이해가 갈 것이다. 하지만 이 말을 듣던 당시 내 머리는 되
도록 빠르게 갈겨쓰는 글자들처럼 어지럽기만 했다. 질문

을 해서 제대로 알고 싶었지만, 시간이 없다는 사실이 걸렸다. 예를 들어 나는 그때까지 '신성^{godhood}'이라는 말을 들어 본 적이 없었고, 그래서 거의 물어 볼 뻔했다. 나중에 알고 보니 그 단어는 아주 오래 전부터 사용되었다. 그 단어는 중세 영어 'god-hod'와 고대 영어 'god-had'에서 온 것으로 15세기부터 쓰였다.

네오는 인간 본성에 관해 이야기하기 시작했다. 부자들 이야기를 했는데, 그 중 일부는 행복했지만 일부는 비참하다고 했다. 또 예를 들어 어떤 두 사람이 가난해지면, 그 중 하나는 점점 나아지는 반면 다른 하나는 고통스럽게 살아간다는 이야기도 했다. 네오의 이야기를 더 들어 보자.

"가난 속에서 기쁨을 발견하기란 힘든 일일 수도 있고, 또 실제로 그런 경우가 많습니다. 하지만 인간은 간절히 바라면 낙원을 만들어낼 수 있는 놀라운 능력이 있지요. 신은 자유의지가 있는 생명체에게 천국을 강요할 수 없습니다. 산을 좋아하는 사람은 늘 산을 발견할 테고, 애국자는 적과 싸워 나라를 구할 기회를 찾을 겁니다. 사냥꾼은 사냥을 할 테고, 건축업자는 건물을 짓겠죠. 엄마는 모성 본능 때문에 젖먹이를 찾을 테고요. 천국에서 주는 보상은 사람들이 세상에 태어날 때 맞이하게 되는 환경과는 전혀 상관이 없습니다. 자유의지와 선택권이 없다면 천국도 지옥이 되어 버릴 겁니다. 자신이 스스로 창조하지도 않은 비참한 삶을 강제로 살아가야 하거나 철저히 통제받으며 살아가야 할 테니.

업적, 사명, 그리고 자유의지는 끝이 없습니다. 세상을 창조하는 경우든, 단순히 별을 하나 멋지게 꾸미는 경우든 같아요. 이 세상의 신은 파랑과 초록에 갈색으로 강조한 색을 좋아했어요. 개미 신 율리우스 카이사르는 빨강과 파랑과 보라를 좋아해 제국을 그 색으로 물들였죠. 드루, 그대가 좋아하는 색은 뭐죠? 그대라면 보랏빛 소를 만들겠어요?"

네오가 농담을 했다는 사실이 흥미로웠다. 나는 천국이나 천사들에게도 유머라는 것이 있다고는 생각해 본 적이 없었다. 하지만 돌아보건대 생각해 보던 말이 된다. 유쾌한 신만이 우리 같은 인간을 만들어낼 스 있지 않겠는가.

"그럼 네오, 지름길은 있는 건가요? 하느님 눈에 드는 방법이 있나요? 누군가 속임수를 쓰거나 몰래 뭔가…"

네오가 손을 들어 내 말을 잘랐다.

"조각가도 아닌 사람이 조각을 만들 수 있습니까? 캔을 열어 물을 붓듯 마음에 지식과 경험을 쏟아 부을 수는 없어요. 행복에 이르는 쉬운 길 같은 건 없습니다. 노력이 필요하죠. 공학자가 암을 제거할 수 있나요? 치과의사가 다리를 설계할 수는? 잠깐 생각해 봐요. 세상을 창조하는 데 무엇이 필요한지. 계곡과 나무와 강을 설계하려면 설계자의 눈이 필요합니다. 중력을 이해하고 환경에 맞게 뭔가 설계하려면 그에 맞는 능력이 필요하지요. 지식을 전달하는 일, 노을을 작품으로 그려내는 일, 의학과 심리학 등 모든 것은 그에 따르는 노력이 필요합니다. 신에게 쉬지 않고 기도하면서 힘을 달라고 하는 사람들이 있습니다. 이 사람들은 힘을 달라는 기도의 응답이 '힘을 기르는 데 필요한 기회'로 찾아온다는 사실을 받아들이려 하지 않죠. 정신적·신체적으로 위기를 겪으면서 근육을 만들어낼 기회 말입니다. 사람들은 징징거리면서 신이 자기 뼈에는 근육을 붙여 주고, 가슴에는 믿음을 불어넣어 주고, 머리에는 지식을 심어 주기를 바라죠. 인간이 진화하려면 반드시 거쳐야 할 과정이라는 게 있습니다."

"네오, 지금 진화라고 했나요? 다위니즘 말인가요?"

"영적인 진화, 정신적인 진화를 말하는 겁니다, 드루. 그래요, 맞아요. 인간이 원숭이에서 진화한 것일까요? 아닙니다. 하지만 둘 사이의 관계는 아주 재미있는 이야깃거리지요. 지금은 거기에 관해서 이야기할 때가 아닙니다. 우리는 인간이 진보하고 있고, 생각하고 진화한다는 사실을 알아야만 합니다. 오늘날 사람들은 더 배울 생각을 그만두고, 과학이 이미 '현상'과 그 '이유'를 모두 밝혀냈다고 가정합니다. 그 결과 생각하고, 고민하고, 의문 던지기를 그만둬 버린 사람이 엄청나게 많아요.

드루, 지금 우리가 말하는 도중에도 으주는 엄청나게 확장하고 있습니다. 이 지구는 신의 자녀들을 위한 1급 준비 행성이에요. 초급 진화 과정이 아니라, 상급 수준 학생을 위한 환경이라는 말입니다. 업적을 쌓는 사람의 미래는 보통 사람들이 이 단계에서 보고 믿고 추론해 낼 차원을 넘어서 있어요. 세상은 지금 창조되는 영혼들을 받아들이려고 확장되고 있습니다. 논리적이고 이성적으로 생각해 봐요, 드루. 지구의 한계를 넘어선 60억이 넘는 인간들이 죽고 나면 신이 그 영혼들을 어디로 보내겠어요? 이건 아주 지극히 이성적이고 합리적인 일입니다. 선한 행위는 무엇이든 크게 필요하지만, 악한 행위는 설 곳이 없습니다. 선행은 하늘의 요청입니다."

"저기, 네오. 한 가지 물어 볼게요. 십분 동안 계속 궁금했거든요. 당신이 스스로 말하는 그런 존재라는 것을 나타내는 징표는 단 한 번만 보여 줄 수 있다고 했던 건 나도 알지만, 궁금해 미치겠네요. 당신 말은 믿어요, 믿는다고요. 당신이 천사라는 건 믿으니까 더 이상 증거가 필요하지는 않아요. 하지만 예전에 마술 쇼를 보는데, 어떤 마술사가 보여 준 마술의 비법을 아무리 알아내려고 해도 모르겠더군요. 몇 년 동안 그것 때문에 진짜 답답했어요. 보통은 수법을 알아낼 수 있거든요. 그런데 이번에는 도무지 모르겠더군요. 그 마술사는 마치 양초에 불을 붙이듯이 자기 손가락에 불을 붙였어요. 정말 멋있었는데 어떻게 한 건지 알아낼 수가 없었죠. 네오가 좀 설명해 주면 안 될까요?"

"이렇게 말인가요." 네오가 손을 들었더니 손가락 끝에서 차례로 촛불 같은 불꽃이 일어났다.

"와, 바로 그거예요! 맞아요! 어떻게 하는 거죠? 대단해요! 마술사들은 그걸 어떻게 했을까요?"

“마술사가 어떻게 했는지는 나도 모릅니다. 나는 그냥 이렇게 했는지 물어 보려고 보여 준 것뿐이에요.”

“에이, 그러지 말고 말해 봐요. 어떻게 했죠?”

“글쎄, 그건 또 다른 이야기군요. 나는 그냥 열과 대기를 지배하는 법칙에 따라서 이렇게….”

“아니, 아니, 당신이 어떻게 했는지가 아니라 마술사가 어떻게 했는지가 알고 싶다고요. 그래야 나도 할 수 있을 거 아니에요. 내가 마술용품 가게에 가서 이것저것 사 봤는데, 이건 없더라고요. 어떻게 하는지 배우고 싶어요. 마술사들은 어떻게 하는 거죠?”

네오는 당혹스러운 표정을 지었다.

“드루, 나는 신과 우주에 관한 질문에 대답해 주려고 온 겁니다. 마술에 관해서는 도와줄 수 없을 것 같군요.”

네오가 사실대로 말하지 않았다는 건 나도 알았지만 더 우기지는 않기로 했다. 우리 둘은 웃어넘겼지만, 네오가 내 눈앞에서 보여 준 현상은 그때까지 본 것들처럼 현실이었다. 그게 사실이었다고 증언도 할 수 있다. 네오는 정말로 손가락 끝에 불을 붙였다. 대단했다.

우리 대화가 시작된 후로 시간이 얼마나 흘렀는지 정확

히 알지 못했지만, 그때 처음으로 '얼마 후면 끝이 나겠구
나'하고 느끼면서 끝나지 않기를 바라게 됐다. 그렇다. 나
는 끝나지 않기를 바랐다. 끝내야 한다는 사실을 생각하니
화가 나기도 했다. 하지만 말은 하지 않았다. 그저 두 시간
이상이기를 바랄 뿐이었다.

물고기 설계자

난 그냥 나일 뿐이지 신이 아니에요. 당신도 신이 아니고요!

난 먹고살려고 날마다 일도 하고 매달 돈도 내고, 게다가 남의

아파트에 쳐들어가지도 않는다구요.

　　나는 호기심을 참지 못하고 네오에게 사랑 이야기를 들려달라고 했다. 생각해 보라. 천사라면 최고 중에 최고의 사랑 이야기를, 아름답고 낭만적이며 끝나지 않는 이야기를 알지 않겠는가.

　　네오가 말을 꺼내기 시작했을 때 나는 그것이 신들의 이야기인 줄 알았다. 충격적이었지만 나는 곰곰 생각해 보았다. 우리는 신이 우리처럼 누군가의 아버지나 남편이 되리라고는 생각하지 않는다. 하지만 왜 안 되는 거지? 이것도 교회에서 차마 물어 보지 못한 의문 중 하나 아닐까.

　　하지만 나중에 알고 보니, 그것은 세상에서 뛰어난 일을 하고서 다음 세상으로 날아 올라간 두 사람 이야기였다. 두 사람의 이름은 시모나와 룰론이다. 네오 말로는, 두 사람이 지금은 신이 돼서 내가 이해할 수 있는 차원을 뛰어

넘는 거대한 영역에 거하고 있다고 한다. 네오는 이야기가 누군가에게 전달될 때마다 조금씩 다르게 전해진다고 했다. 그것이 이야기의 특성이라면서. 다음 세상에도 전설 같은 것이 있다는 말은 조금 놀라웠다. 하지만 이해는 간다. 거기라고 사실과 진실만 존재한다면, 환상과 로맨스라고는 전혀 없는 무미건조한 곳이 되지 않겠는가! 세상에도 수수께끼가 있다면, 내세에도 있을 것이 틀림없다고 생각했다. 그리고 내 생각은 맞았다.

이야기는 네오에게도 멀고 먼 오래 전으로 거슬러 올라간다. 두 사람은 어떤 행성에서 인간이 아직 부족 집단으로 생활하던 때에 태어나, 훌륭한 삶을 영위하면서 대단한 기술을 익혔다. 한 사람은 철학자이자 교사였다가 마지막에는 부족의 제사장이 됐고, 다른 한 사람은 사냥꾼이자 탐험가였다. 두 사람은 만나서 평생 함께하게 됐다. 당시에는 결혼이라는 제도는 없었고, 네오가 알고 있던 어떤 행사와 아주 비슷한 의식만 치렀다고 한다.

잔치가 열렸고, 새로 함께하게 된 두 사람은 상대의 부모 앞으로 나가게 됐다. 거기서 두 사람은 마치 시험을 치르듯 상대편의 부모에게 자신이 어떻게 상대를 잘 살도록 도와줄지 설득해야 했다. 대단한 연설과 동작으로, 판사들 (부모)과 초대받은 손님들 앞에서 화려하게 연극을 해 보여야 했다. 다음은 네오가 생생하게 들려준 이야기를 기억나는 대로 기록해 본 내용이다.

룰론　저는 살아 있는 모든 존재들 중에서 가장 운 좋은 사람입니다. 두 분의 따님에게 마음을 허락받았기 때문입니다. 어젯밤 저는 산자락에 홀로 앉아서 제가 얼마나 행운아인지 생각하며 경탄했습니다. 제 눈에 보이는 모든 것들이, 동물과 나무와 푸른 계곡과 따스한 햇살에 담긴 눈부심, 바위와 언덕과 그 외 모든 것들이 시모나의 빛과 아름다움 앞에서는 작아집니다.

저는 시모나를 영원히 사랑하게 된다면 얼마나 좋을까, 하는 꿈에 허덕이며 어둠 속에서 살아왔습니다. 매일 밤, 매일 낮, 매 순간 시모나를 향한 이 사랑이 언제까지나 계속될지 저 자신에게 끊임없이 물어 보았습니다. 두 분이 제 손에 시모나의 손을 쥐어 주신다면, 그 꿈은 현실이 될 것입니다.

단 한 순간이라도 시모나가 제게 사랑하지 않는다고 말

했더라면, 우리 두 사람이 행복하지 못할 거라고 의심하는 말을 했더라면, 심지어 그와 비슷한 말을 입으로 흉내만 냈다 하더라도 저는 이 우주에서 영원토록 사라져 버릴 것입니다.

지금 제가 시모나를 사랑하는 만큼 누군가를 사랑하는 일이 가능할까 생각해 보았습니다. 저는 신께서 저를 위해 시모나를 보내 주셨다고 믿고, 제게 이것을 알려 주셨듯 두 분에게도 이를 알게 해 주시리라고 바랄 뿐입니다.

시모나를 생각만 해도 제 가슴은 사로잡히고, 제 마음은 매료되고, 제 목숨은 노예가 됩니다. 잠자기가 싫습니다. 잠자다가 제가 이상한 곳으로 흘러들어가서 시모나를 생각하지 못하게 될까 두렵습니다.

이때까지 살아오면서 무엇인가가 이토록 필요한 적은 없었습니다.

저는 시모나의 눈을 바라보는 것이 아니라 그 눈에 빠져듭니다. 시모나의 목소리는 제 영혼을 울리고, 저는 그 목소리를 듣는 것이 아니라 느낍니다. 밤에 잠자리에 들 때면 시모나 생각이 함께하고, 아침이면 시모나 생각이 저를 깨웁니다. 지금 제가 살고 숨쉬는 유일한 이유는 오직 제가 시모나를 사랑하듯, 시모나도 저를 간절히 사랑한다는 것을 알기 때문입니다.

신께서 이토록 많은 것을 담을 수 있는 심장을 창조하고, 시모나를 향한 사랑과 마음의 무게를 견딜 수 있는 다리를 창조하신 것이 경이로울 뿐입니다.

두 분께 기도하건대 시모나가 제게 오도록 허락해 주십시오. 시모나는 저를 위해, 저는 시모나를 위해 태어났습니다. 제가 시모나에게 전부이듯, 시모나는 제 전부입니다. 시모나의 부드러운 손을 잡게 해 주십시오. 저희가 함께 영원을 가로질러 서로 아름답고 간절하게 사랑하도록.

시모나를 제게 주신다면, 시모나를 받아들여 그 재능과 바람과 열정을 찾아낼 것입니다. 그런 뒤에 시모나가 소망을 이루도록, 최고의 업적을 달성하도록 계획을 짤 것입니다. 시모나의 욕망을 해소해 주고 시모나를 지지해 주면서, 자신을 찾아나가는 모험에서 앞으로 나아가도록 안내하고, 가르치고, 붙잡아 줄 것입니다. 시고나가 그 어떤 시련도 이겨내고, 그 어떤 장애물도 뛰어넘고, 그 어떤 산도 넘어서 자신을 발견하는 이 여정에서 최고를 이뤄내게 하겠습니다.

시모나는 예술가입니다. 바느질이나 조각 따위만 하는 예술가가 아니라, 손대는 모든 것을 아름답게 만드는 창조자입니다. 아닙니다. 시모나가 눈으로 보고 곁을 지나가는 모든 것에 색과 빛이 더해집니다. 시모나의 재능은 이제까지 제가 본 누구도 따라가지 못하고, 저도 시모나의 아이디어를 훔쳐다가 제 일에 사용합니다. 시모나의 예술과 재능에 담긴 아름다움은 시모나가 아직 눈길을 주지 않은 수많은 사람들에게 아름다움을 전해 줍니다. 시모나는 우리 삶을 영광스럽게 하지만, 자신은 이를 알지 못합니다.

저는 시모나의 교사로서 담대해지고, 시모나의 학생으로서 겸손해지겠습니다. 함께 걷는 동안, 아니 달려가는 동안 저희는 노력하고 협력하여 남다른 일을 해낼 것입니다. 저희 자신뿐 아니라 저희 세계로 들어오는 모든 이들에게 축복이 되게 할 것입니다. 저는 시모나의 곁에서 그 깊고 불가사의하며 놀라운 마음을 기꺼이 받아들이겠습니다. 시모나가 신비로움을 개발하도록 애쓰고, 시모나가 창조하고 만드는 모든 것에 그런 신비로움이 스며들게 노력하겠습니다.

룰론의 말이 끝나자, 시모나가 룰론의 부모에게 청원하

기 시작했다.

시모나　제 마음은 빼앗겼습니다. 두 분의 아들 룰론이 힘이나 간교함이 아닌 봉사 정신과 친절함과 고귀함으로 제 마음을 빼앗아 갔습니다. 그러한 용기를 보고도 그 빛에 둘러싸이고 싶다고 생각하지 않을 수는 없었습니다. 룰론은 진정으로 빛납니다. 그 빛나는 웃음과 꿰뚫어 보는 듯한 시선은 제 마음의 벽을 허물고 파고들어 가슴을 비춥니다.

룰론은 강하고 다정합니다. 강한 손은 돌을 부술 수도 있지만, 잠자는 아기 새를 부드럽게 감싸 주기도 합니다. 룰론은 전쟁에 나가기도 하지만, 돌아오면 그 지치고 떨리는 손으로도 제게 자그마한 꽃을 선물해 줍니다. 저는 룰론을 진실로 사랑합니다. 그 곁에 영원히 머물고 싶습니다. 보잘것없는 제게 축복을 내리시어 룰론의 사람이 되는 크고 고귀한 영광을 주십시오.

룰론은 두 분이 위대하고 고결한 부모님이라고 최고의 자부심을 느끼며 제게 이야기합니다. 두 분을 사모하고, 두 분의 이름을 말하거나 생각할 때면 그 누구보다 자랑스러운 남자가 됩니다.

아시겠지만 룰론은 거대한 망루 건축을 감독했습니다. 룰론은 훌륭한 설계자이자 건축가입니다. 하지만 그림 그리기, 나무와 돌로 만들기 쪽에는 예술가이기도 합니다. 거대한 망루를 완성하고 나자 수천 명이 잔치에 모였습니다. 멋지고 황홀한 망루였습니다. 인간이 손으로 만든 것 중 그 어떤 것보다 영광스러웠습니다.

바로 이 남자를, 두 분의 귀한 아들 룰론을 제게 주시기를 간청합니다. 저희들이 영원히 하나가 되도록 축복해 주십시오. 룰론이 업적을 달성하고, 재능과 기술을 습득하도록 도와야 한다는 것은 알고 있습니다. 그보다 더한 도전이 어디에 있겠습니까? 룰론은 정녕 큰 사람이고, 큰 일을 해냅니다. 제가 누구라고 룰론을 도울 수 있을까요? 하지만 그래도 저는 제 인생과 영원을 바쳐 그 일을 하렵니다. 혹시라도 룰론이 넘어지면 그 곁에 있겠습니다. 부끄러운 일을 겪거나 패배하게 되어도 그 곁에 있겠습니다. 고통스러워할 때면 그 고통을 가져다가 제가 대신 받겠습니다. 그렇게 평생을 바치겠습니다.

단호해져야만 한다면 그리 하겠습니다. 룰론은 자신이

잘 모르는 일에는 겸손하고 열린 마음으로 다가가고, 제가 도와주려고 하면 저를 찬양하고 제게 용기를 줍니다. 진부하거나 중요하지 않은 조언을 할 때도 기꺼이 받아들입니다. 저는 룰론이 알지 못하는 일들을 찾아내는 데 몸 바쳐서 둘이 하나로서 더 많이 알게 되어 룰론이 높은 곳에 오르게 할 것입니다.

존경하는 자매와 형제들이여, 제 앞에 있는 최고로 멋진 사람이 저를 택하였습니다. 살아 숨쉬는 그 어떤 생명도 저만큼 큰 축복을 받지는 않았을 것입니다. 이 순간을 붙잡아 완벽하고 훌륭한 존재가 될 기회로 삼고 싶습니다. 제 안에는 결코 수그러들거나 꺼지지 않을 불꽃이 있고, 그 불꽃은 두 분의 축복을 받든지 받지 않든지 그대로일 것입니다. 두 분에게 빕니다. 두 분이 낳아 기른 커다란 빛, 제 사랑 룰론이 제 안에 담긴 불꽃과 하나가 되게 해 주십시오.

함께하게 된 두 사람은 예술과 관련된 일, 그림, 디자인 등을 시작했다. 둘은 탁월한 능력과 재능을 보여 주었다. 모두가 두 사람의 작품에 놀라움을 금치 못하면서 두 사람에게 일을 맡기려고 했다.

첫 번째 '이동' 이후에도 두 사람은 여전히 함께 지냈고, 그 전에 얻은 지식과 재능도 그대로였다. 둘은 한 쌍이 되었고, 지구를 위해 룰론은 물고기를 시모나는 나비를 디자인하라는 임무를 신에게 받았다. 둘의 작품은 절묘했고, 지상의 어떤 것보다 아름다웠다. 두 사람은 멋지게 선의의 경쟁을 하며 더 좋은 색, 더 나은 위장술, 더 안전한 모양, 더 아름다운 디자인을 만들어냈다. 한 사람이 상대를 앞지르면, 상대가 다시 앞지르는 식이었다. 두 사람은 서로 깊이 사랑했고, 자신의 성취뿐 아니라 상대의 성취와 재능도 사랑했다. 서로 의지하고 힘이 되면서 완벽한 결합과 애정 관계의 상징이 되었다.

지금 그들의 작품을 보면 믿어지지 않을 정도로 대단하다는 걸 알 수 있다. 희귀한 나비 날개에서 볼 수 있는 다채로운 빛깔보다 더 아름다운 것이 세상에 있을까? 관상용 열대어보다 기품 있고 아름다운 것은? 진주층에 반사돼 빛나는 햇살보다, 암초에 붙어 있는 아름다운 물고기 떼보다 더 절묘한 것은? 멕시코 산맥을 넘어가거나 초록 들판에서 하늘거리는 왕나비보다 화려한 것은? 이런 것들이 우리가 볼 수 있는 극도로 아름다운 것이라는 데 이의를 제기할 사람이 누가 있겠는가? 세상 어떤 책이든 펼쳐보라. 거기서 이 두 생명(나비와 물고기)을 찾아보면, 그 끝없는 아름다움을 알게 되리라.

나는 이 이야기가 일종의 환생 사례인지 물었다. 네오는 아니라고 했다. 환생이라 하면 보통 동물이나 곤충에서 인간이 될 수 있다는 뜻이다. 사실 삶이란 동일한 영혼이 여러 번의 '이동'을 겪는 과정이지, 새로운 '개체'를 다시 만들어내는 과정이 아니다.

두 사람은 요즘에 너무나 웅장하고 거대해서 네오가 묘사할 엄두를 내지 못하는 은하계와 행성을 디자인한다고 한다. 둘은 거대한 영역을 다스리고, 온 우주에서 놀라움의 대상이 되었다고. 나는 두 사람이 나비와 물고기 외에 우리가 아는 다른 걸 만들지는 않았냐고 물었다. 네오는 한두 가지가 아니라고 대답했다. 한 가지 멋진 예로, 허블망원경으로 보는 사진에 나오는 천체들이 있다. 먼 우주에 있는 멋진 은하계들 중 여럿이 그 두 사람의 작품이라고 했다. 나는 구체적으로 어떤 별이 그들 작품인지 물어 보는 걸 잊어버렸지만, 켄타우루스자리에 있는 새커리 성운,

황소자리에 있는 반사 성운이나 게 성운 등을 보면 우주의 아름다움을 한눈에 알게 된다.

네오가 들려준 이야기는 아름다운 사랑 이야기로, 이곳에서 '이동'을 겪은 후 우리가 무엇을 기대할 수 있는지 훌륭하게 묘사해 주었다. 나는 사랑이 영원할 수 있고, 또 연인이 영원히 함께할 수도 있다는 사실을 알게 되어 기뻤다.

뭔가를 디자인하고 만들어내는 이야기를 하다 보니, 신에게도 취미가 있는지가 궁금해서 견딜 수가 없었다. 네오는 웃음을 터뜨리더니 맞다고 대답했다. 신의 취미는 일종의 예술이란다. (예술가가 되고 싶은) 나로서는 이 말에 기뻐하면서 어떤 종류냐고 물었다. 신이 탁자에 앉아 유화를 그리는 모습은 상상이 되지 않았다. 네오는 신이 구름 만들기를 좋아한다고 대답했다. "구름이요?" 내가 물었다. 네오는 구름이 신의 취미라고 대답했다. 영속되지 않지만 영원히 바뀌는 것을 만드는 것이 신의 취미라고.

그 후로 비행기에 타게 됐을 때, 나는 창밖으로 보이는 구름들의 멋지고 빛나는 아름다움과 화려함을 느끼며 신의 취미가 참으로 멋지고 특별하다는 걸 깨달았다. 돌아보건대 나는 너무 한정해서 짐작했던 듯하다. 신은 '지구'뿐 아니라 온 우주의 구름을 만들지 않겠는가! 목성, 화성, 그 밖의 온 우주와 별들의 구름을! 멋지지 않나!

네오는 디자이너들, 숲을 만든 이들, 산을 만든 이들, 새를 만든 이들, 원자를 만든 이들, 미생물을 만든 이들, 오팔과 다이아몬드가 생성되는 방법을 정한 이들에 대해 이야기했다. 네오는 이것이 그저 앉아서 그림을 그리는 일이 아니라, 이것들이 어떻게 진화하고 변이를 일으킬지 예상해야 하는 복잡한 과정이라고 했다. 다윈 이론은 맞지 않는 듯하다. 우리 눈에 보이는 모든 진화 과정은 모두 미리 결정되어 계획에 따라간다. 우리는 어떤 것이 진화한다거나 특정 종이 환경에 적응한다고 여긴다. 그런 일이 실제로 벌어지기는 하지만, 모두 계획에 따른 것이다. 애초에 지구 프로그램을 짠 이들이 그렇게 만들었다고 한다.

나는 네오에게 우주에서 가장 복잡한 것이 뭐냐고 물었다. 네오는 가장 복잡한 생명체는 바로 인간이라고 했다. 네오가 한 이야기를 다 설명할 공간은 없지만, 인간의 세포 하나로 또 다른 인간을 만들어낼 수 있다는 정도면 충분히 이해가 가리라. 생각해 보면 잠도 오지 않을 정도로 설레는 일이다. 그 자그마한 세포 하나에 인간 전체를 재창조할 수 있는 모든 정보가 담겨 있다니! 이것은 (마이크로 칩과 같은 하드웨어가 아니라) 소프트웨어, DNA 메모리다. 수십 억 비트의 정보가 바늘귀보다 수십 억 배 작은 유기 컴퓨터(세포) 안에 들어간다는 말이다! 놀랍지 않은가! 게다가 이 DNA 컴퓨터에는 생각하고, 추론하고, 변이하고, 진화하고, 적응하고, 두려워하고, 사랑하고, 배우고, 성장하는 능력이 탑재돼 있다. 내 단순한 질문에 대답하는 그 짧은 2분 동안 네오는 내가 할 말을 잃게 만들었다. 우리 지구인들은 이곳에서 학교에 다니는 셈이다. 이제 막 DNA와 그 작동 원리를 이해하기 시작하는 처지라는 뜻이다. 하지만 이것이 처음 만들어진 것은 헤아릴 수 없이 오래 전이다.

나는 네오가 들려준 사랑 이야기를 종종 떠올렸는데, 그때마다 나를 놀라게 하는 점은 인생이 아주 길고 긴 여행에서 거치는 하나의 정류장에 불과하다는 사실이었다.

끝없이 이어지는 질문들

　　나는 왜 외계인이 한 번도 지구에 오지 않느냐고 물었다. 내가 들은 답은 한마디로 황홀 그 자체였다. 알고 보니 우리가 사는 지구는 '보호된 행성'이었다. 지구를 다스리는 신은 문자 그대로 (약) 4천 5백만 영혼으로 이곳을 보호하고 지킨다. 이 얼마나 놀라운 이야기인가. 한번 생각해 보라. 상상할 수 있는 그 어떤 것보다 더 강력한 힘이 이 행성 주민들을 보호하고 지킨다니! 삶은 끝없이 이어진다. 우리는 구름에 떠다니듯 부유하는 존재가 아니다. 하지만 세상을 지키기 위한 것이든 아니든 우리에게는 해야 할 의무가 있다. 우리가 이곳을 떠나도 삶은 계속된다.

　　네오는 나더러 이 점을 자세히 이야기하지 말라고 했다. 사람들이 이것을 이해하지 못하고서 말을 꺼낸 나를 저주

할 거라면서. 하지만 나는 괜찮다. 다만 네오가 그렇게 말했으니, 그가 말해 준 내용을 시시콜콜히 말하지는 않으련다. 그러면 내 이기적인 욕망도 해소하면서 네오의 제안도 따르게 될 테니까. 일종의 타협이랄까.

앞서 언급한 내용은 조직적인 군사작전과 아주 흡사하다. 하지만 사후 세계에서는 그 무엇도 파괴되거나 소멸되지 않는다. 흔히 이야기하는 봉쇄나 견제 따위는 여기서 통하지 않는다. 사후 세계에서는 기껏해야 일시적으로 봉쇄하거나 견제할 뿐이고, 싸워서 이겨야만 하는 상황이 되면 철저하고 단호하게 이겨야 한다. 한마디로 모든 전쟁이 시작하기도 전에 끝이 난다는 뜻이다. 다시 말해서 사후 세계에서는 전쟁이 일어나야만 하는 상황이 되면 싸우는 양쪽 모두 자신들이 어떻게 될지, 이길지 질지 정확히 알게 된다. 그런데도 세상 사람들이 그렇듯 전쟁이 시작되고 나면 양쪽 모두 자신이 이기리라고 믿는다. 사탄은 이기고 싶어 했고, 실제로 자기가 이기리라고 믿었다. 하지만 이기려고 싸웠지만 이기지 못했다. 이것에 대해서는 충분히 이야기한 듯하다.

(나중에 알고 보니) 쿰란 유적에서 나온 문서나 이집트 나

그 하마디에서 나온 문서 등에는 인류 등장 이전에 일어난 전쟁이 여러 가지로 변주되어 묘사돼 있지만, 나는 잘 알려진 기독교 문서에 나온 내용을 이야기해 볼까 한다. 성경에는 사탄과 예수가 하늘나라에서 싸운 전쟁이 기록돼 있다. 내가 이해한 바, 이 전쟁은 사탄의 계획은 거부되고 예수의 계획은 받아들여지자 일어났다. 오랜 시간 동안 반복돼 전달되는 과정에서 왜곡되기는 했지만, 네오에 따르면 이 이야기는 퍽 정확한 편이다. 하지만 여기서 내가 말하려는 요지는 이것이다. 사탄의 추종자들이 영혼의 세계에서 추방된 후에도 전쟁은 끝나지 않고 지금까지 이어지고 있다는 점.

네오와 이런 이야기를 나누면서 내가 얻은 지식은 아주 긍정적인 것이었다. 그것은 삶이 영원하다는 점을 증명해 주는 내용이었다. 우리가 죽지 않는다는 뜻이다! '이동'을 경험하겠지만 계속 살아서 앞으로 나아갈 것이다. 지금 하는 일에 따라 나중에 할 일이 결정될 것이다. 어떻게 하면 이런 깨우침을 전 세계 모든 종교에 전달할 수 있을까? 어떻게 하면 의미가 통하도록 전달할 수 있을까? 이것은 진정 놀라운 메시지다. 계속 살아가게 된다는 것은! 우리는 이곳에서 행위로 미래를 결정할 수 있다. 어떡하든 이 이야기를 사람들에게 전해야 한다. 어떡하든 서로 상충하는 종교들을 한 자리에 모아 모두 각기 옳다는 점을 깨닫게 해야 한다. 특정 종교를 믿는 이들은 모두 자신이 받아들인 법칙에 따라서만 대가를 받게 된다. 미래를 결정하는 열쇠는 '업적'이다. 나는 종교적인 업적만 말하는 것이 아니다. 하지만 우리는 이생에서 우리에게 부과되고 또 우리가 받아들이는 운명과, 우리가 그 운명에 대처하는 방식에 따라서 심판 받을 것이다.

이것이 무슨 뜻일까? 내가 보기에는 사람들이 '사후에도 산다는 믿음'에 지나치게 매달린다는 뜻이다. 어렵게 생각하지 말고 사후에도 산다는 것은 그냥 받아들여라. 일단 받아들였다면 이곳에 머무는 동안 무엇을 해야 할까? 종교적인 일에 헌신하고 교리를 연구하면 다음 세상에서 대단한 지위를 얻게 되리라 생각하는 사람이 너무나 많다. 내가 하고 싶은 말은 이것이다. 이곳에 있을 때 뭔가를 성취하라! 그저 성경이나 우파니샤드나 코란을 들고 돌아다니면서 사람들에게 자신의 믿음을 전파하는 것으로는 자신이 원하는 곳에 다다르지 못할 것이다!

내가 당신을 가르치려고 하는 듯 느껴진다면 유감이지만, 이것은 진정 가슴 뛰는 이야기다. 나는 실제로 뭔가를 보고 경험했다. 당신이 어떤 철학이나 종교를 택하든 자유지만, 나에게는 그런 선택권이 없다. 나는 어떤 일을 겪었고, 다른 사람에게 일어나기를 바라지 않는 일련의 사건을 경험했다. 이 경험으로 내가 무엇을 해야 할까? 목사, 주교, 무당, 랍비, 구루 등등에게 물어 본다. '당신이라면 내게 뭘 하라고 하겠습니까? 이 경험을 어떻게 활용해야 할까요?'

부인할까? 환상으로 치부해 버릴까? 속임수라고 해 버릴까? 내 미친 마음이 만들어낸 망상이라고? 분명 어떤 사람은 내가 돈이나 좀 벌어 보려고 발버둥치는 기회주의자라고 할 것이다. 당신이라면 어떻게 하겠는가? 나서서 이야기하라고? 그렇게 하고 나면 어떻게 될까? 이 이야기를 비난해야 한다는 데 모두 동의할까? 아니면 동의하지 않거나 심지어 아무 말도 하지 않게 될까?

내게 정답 따위는 없다. 나는 그저 내 경험을 이야기해 줄 수 있을 뿐이다. 내 이야기를 듣고 원하는 대로 하라. 네오는 내게 선택권을 주었다. 내가 이야기를 펼쳐놓으면 비난받을지도 모른다고 주의를 주기는 했지만. 그래도 나는 네오가 내게로, 하필이면 내게로 온 것은 내가 이 이야기를 세상 모두에게 전달될 수 있는 형태로 만들 거라고 생각했기 때문이라고 결론 내렸다.

우리는 흔히 시기에 관해 말한다. 살면서 적절한 시기를 알아내는 것이 성공하는 데 중요한 요소처럼 비춰진다. 하지만 네오는 영원의 차원에서 시간은 무의미하다고 지적했다. 중요한 것은 우리가 이곳에 있는 동안에만 시간이 의미 있어지고, 우리가 이곳에 있는 동안에만 기술을 연마하고 뭔가 성취할 수 있다는 사실이다. 성취에서 오는 만족감을 넘어서 이생에서 보상받는 데 관심 있는 사람들이나 적절한 시기를 찾아내려고 한다는 점을 깨달아야 한다.

나는 예전부터 시간 변화나 시간대를 어느 정도 이해했다. LA에서 정오면, 스페인에서는 오후 9시다. 하지만 잠시 별들의 시간대를 고려해 보자. 우리가 어떤 별을 볼 때, 사실 그것은 그 별의 빛이 우리에게 오는 것에 불과하다. 시간대라는 개념으로 볼 때, 그 별은 천 년 전에 이미 소멸했을지도 모른다. 별빛들 속에서 우리는 과거를 보고 있는 셈이다. 시기, 행운, 보상, 처벌… 정말로 한 가지 질문이 수천 가지 다른 의문을 불러일으키는 듯하다.

조용하지만 능숙한 시계장이는 자신에게 맞는 보상받을 것이다. 수상 경력이 있는 화려한 디자이너는 인기와 부를 얻으려는 노력과 시기가 잘 맞아떨어져서 세상에서도 원하는 바를 얻겠지만, 내세에서도 보상받을 것이다. 이렇다면 나이 50·60·70, 혹은 그 이상 먹은 사람은 자신이 바라고 기대한 만큼 세상에서 명예를 얻지 못했다는 이유로 더 이상 아무것도 하지 말아야 하겠는가? 천만에! 그냥 '아니다'가 아니라 '절대 아니다'이다. 자신의 기술을 묵혀 두지 마라!

이것을 받아들이기 어려워하는 사람이 많다. 행운 역시 삶의 수레바퀴에서 큰 부분으로 작용한다. 혹자는 내가 잡아서 개미 농장에 넣어 준 개미는 행운이라고(또는 불운하다고) 말할지 모른다. 이것은 상황 판단에 따라 달라질 것이다. 하지만 그 개미들은 이제 야생에서 살지 않고 나와 함께 산다. 내가 삽으로 그것들을 (운 좋게도 혹은 불운하게도) 퍼서 상자에 넣어 내 개미 농장에 넣은 날부터 야생 생활에 필요한 규율이나 기술은 모조리 무의미하게 됐다.

네오는 고대에 태어난 어떤 사람 이야기를 들려 주었다.

그때는 오늘날과 달리 사람들이 아주 편견이 강했다. 그 사람은 피부가 흰색이었는데 나중에 왕이 됐다. 몇 년 동안 왕국을 다스린 그는 변하기 시작했다. 피부가 점점 짙은 색으로 바뀌더니 급기야 완전히 검어졌다. 지금 자세히 이야기할 시간은 없지만, 쉽게 상상할 수 있듯 이 남자의 삶은 상당히 극적으로 변했다. 그것이 일종의 저주라고 생각한 사람도 많았지만, 반대로 축복이라고 생각한 이도 꽤 됐다. 우리의 선택과 그 선택의 시기는 서로 강력하게 연관되어 있다. 예를 들어 어떤 문화에 대해 강한 편견이 있는 사람도 시기와 상황에 따라서는 생각을 급속도로 빠르게 바꿀 수 있다. 당신이 죽어가는 상황이라 수술대 위에 누워 있는데 당신을 수술해 줄 의사가 당신 마음에 들지 않는 문화권 출신이라면, 태도나 생각이 상당히 빨리 바뀔지도 모른다.

네오는 요세푸스라는 유대인 역사가에 관해서도 이야기했다. 요세푸스는 마을 사람들에게 로마군에 항복하도록 설득하려고 했다. 사람들은 노예가 되느니 스스로 목숨을 끊는 쪽을 택했다. 그리하여 제비를 뽑아 죽는 순서를 정했는데 요세푸스가 마지막으로 죽게 됐다. 혼자만 남고 모두 죽자 요세푸스는 로마군에 항복해서 베스파시아누스 황제 앞으로 끌려갔다. 자신의 동지들에게는 지조 없는 사람이 됐지만, 요세푸스는 로마 제국에서 위대한 역사가에 작가이자 고문으로서 전설적인 인물이 되었고, 사후 2천 년 동안 역사계의 빛이었다. 그러나 이것은 자기 종족을 배신해서 얻은 결과였다. 이 이야기는 요세푸스의 행동이 사건 발생 시기와 환경에 직접적으로 연관된다는 점을 보여 준다.

이때쯤 나는 마구잡이로 질문을 퍼붓고 있었다. 앞에서 낭비한 시간을 되돌리고 싶은 마음이 간절했다. 시간은 날아가듯이 흘러갔고, 나는 속사포처럼 질문을 쏟아 부었다. 나는 단어를 한 문자로 적어 두는 방법을 터득했다. '그리고'는 '그'로, '그것'은 '것'으로 적는 식이었다. 집에 있는 종이란 종이는 다 써 버려서 쓸 수 있는 곳이면 아무데나 적었다.

시간이 빠르게 흘러가는 듯 느껴지는 순간이 있다. 영화를 빨리감기로 볼 때처럼. 나는 속사포처럼 질문을 던지며 마음에 떠오르는 것을 모조리 네오에게 쏟아 부었다. 네오가 말로 대답을 해 준다기보다 내 마음속에 대답을 보내 주는 것처럼 느껴졌다. 물론 실제로 네오가 대답을 하지 않았다는 말이 아니라 마음이 그렇게 연결된 듯한 느낌이 었다는 뜻이다. 이렇게 속사포처럼 질문을 퍼부은 시간은 5분 정도밖에 안 됐는데 마치 몇 시간은 지나간 듯했다.

나는 달에 관해 물어 보았다. 네오는 달이 저장 창고로 사용된다고 대답했다. 공학 기질이 있는 신들은 우리가 도구 창고를 활용하듯 달을 이용한다.

이번에는 블랙홀에 관해 물었다. 네오는 블랙홀이 차원 제어에 이용된다고 했다. 나는 이 말을 이해하지 못했다.

네오는 과학이 지구와 우주에 관해 밝힌 내용을 사람들이 대부분 사실로 인식한다고 말했다. 하지만 사실은 약 50퍼센트 정도만 옳다고 한다. 특히 은하와 별에 관한 내용은 전반적으로 그렇다고 한다. 이 말은 우리가 물리적인 우주를 이해할 때 절반은 맞고 절반은 그르다는 뜻이다. 네오는 인류가 학습 곡선에서 '발견 단계'를 거치고 있다면서 아직 과학이 더 발전해야 한다고 말했다. 신은 교사가 문제 푸는 학생들을 지켜보듯 우리를 지켜본다.

나는 천사도 잠을 자느냐고 물었다. 네오는 천사가 잠을 자기는 하지만 즐기려고 잘 뿐이라고 했다. 인간이 잠자는 동안 사후 세계의 보호를 받는다는 말도 했다. 나는 이 말이 정확히 무슨 뜻인지 모르겠다. 네오는 내게 한쪽 눈을 씽긋 감아 보이더니, 인간의 잠이 컴퓨터 전원을 끄거나 하드드라이브를 리부팅하는 것과 같다고 했다. 잠자는 동안 누군가 우리를 방문해서 검토하고 연구한다는 것이다. 네오는 잠자는 시간이 고차원적인 존재와 교류할 수 있는 순간이라고 말했다. 마음이 열려 있어야 하겠지만.

네오는 '신'이라는 지위에 관해 여러 가지를 이야기해 주었다. 우리가 이것을 이해하지 못한다면서 역사를 보면 인간이 이것을 심각하게 오해해 왔다는 점이 드러난다고 했다. 고대 사람들은 비와 바람의 신을 숭배했다. 실제로도 비와 바람의 신들이 있었지만, 이들은 숭배해야 할 대상이 아니라고 한다. 네오는 '모래의 신'이라는 뜻의 지위를 받은, 가까운 친구에 관해 이야기해 주었다.

"모래 신이라는 게 있어요?"

내가 물었다. 네오는 세계들을 만들어내는 데 앞장서서 활동하는 거대한 집단이 있는데, 그 친구가 바로 거기에 속해 있다고 대답했다. 나무, 물, 모래, 기타 등등을 만들어내는 신들도 있었다. 창세기 1장 26절에 나온 "우리의 형상을 따라 … 사람을 만들고"라는 구절은 정확하다. 히브리어로 쓰인 원전에는 신이 '엘로힘Elohim'으로 기록돼 있는데, 학자라면 누구나 '-im'이 복수를 가리킨다는 사실을 안다. 코란 수라 알라라프 7장 11절에는 "너희를 창조하고 만든 이는 우리들이라"라고 기록돼 있다. 알라가 아담을 창조한 내용이다. 두 가지 사례 모두 신이라는 지위와 신의 영역에 관해 혼란을 야기했다. 네오는 세상을 통치하는 신만이 숭배해야 할 대상이라고 명확하게 말했다.

고대 사람들이 오래 전에는 이것을 제대로 알지 않았을까 하는 생각이 들었다. 그들이 저지른 실수는 개별 신들을 숭배했다는 점이다. 비나 번개 신에게 기도하는 일 말이다. 그것은 자기 자신이나 작물을 보호하려는 무익하고 절망적인 몸부림이었다. 이 신들은 숭배할 대상이 아니고, 따라서 거의 어느 곳에서나 익명을 좋아한다. 이것이 바로 '창조자'와 '통치자'의 차이다. 우리는 모두 창조자지만 통치에 관해서는 아직 많이 배워야 한다. 오늘날 사람들은 대부분 만물을 창조한 이가 통치하는 이보다 위대하다고 믿는다. 실상은 그 반대다.

나는 혼자 생각했다. '창조자 한번 많군. 지질학자 또는 도쿄 공항이나 뉴욕 롱아일랜드를 만든 사람들, 혹은 해변을 재건하거나 시멘트 등을 만드는 사람들 따위의 사람들은 그럼 '이동' 이후에 다른 세계에서 뜨 다른 해변을 만들게 된다는 건가?'

나중에 물방아 기술자에 관해 읽은 이야기가 떠올랐다. 그것은 맥스 디프리가 쓴《리더십은 예술이다》이라는 책에 나온 이야기다. 물방아 기술자는 가구공장을 돌아가게 하는 기계를 유지·보수하는 사람이었다. 그가 죽고 나자 (아니 '이동'이 일어나고 난 뒤라고 해야 하나?) 생전에 아름다운 시 여러 편을 썼다는 사실이 밝혀졌다. 그렇다면 죽은 사람은 물방아 기술자였는데 시도 쓴 것인가, 아니면 시인인데 물방아 기술자도 같이 한 것인가?

이 문제는 계속 따라다니며 나를 괴롭혔다. 시도 때도 없이 불쑥불쑥 생각났다. 딱한 네오는 フ기에 관해서라면 걱정할 필요 없다고 다시 또 다시 나를 안심시켰다. 우리 모두 '이동' 이후에도 계속 살 테니까. 이동, 이동이라! 우리가 죽지 않고 이동할 뿐이라면 무엇이 진정한 죽음일까? 네오는 이렇게 말했다.

"죽음은 개개인에게 거의 같은 시기에 일어나는 변형을

말합니다.

순간적이어서 거의 지각할 수 없는 일종의 경련이라 할 수 있지요. 앞으로 위로 성장하려는 성질이 모두 멈추는 순간이 바로 그때예요. 좀더 일반적으로 말하자면 성장이 멈추는 순간입니다. 더 이상 성장하지 않으면 죽기 시작하는 겁니다.

일반적인 생각과 달리 갓 태어난 아기는 곧바로 죽기 시작하는 것이 아닙니다. 자라고 성장하기 시작하죠. 논리적으로는 '아냐, 태어난 지 2분 된 아기는 죽음에 2분 가까워진 거야. 그게 바로 죽음이지'라고 생각할 수 있습니다.

하지만 이것은 사실이 아니에요. 아기는 태어날 때와 같은 상태로 영원히 살 수 있습니다. 그런 특성이 사라지는 것은 자라고 성장하는 과정에서 발생하는 부패 때문이에요. 그래서 스물다섯에서 스물여덟 정도가 되면 더 이상 성장하지 않고 죽음을 향해 움직이기 시작하죠. 그 순간이 바로 죽음이에요. 대다수는 25년에서 50년에 걸쳐 아주 천천히 죽는 셈입니다. 죽음이 시작되는 순간, 그것이 바로 죽음이에요."

나는 신이 농담을 좋아하느냐고 물었다. 네오는 웃더니

말했다. "드루를 만든 게 바로 신 아닌가요?" 우리는 웃음을 터뜨렸다.

나는 지구에는 오래 전부터 인간이 살았다는 사실을 아는데 성경에 보면 인간이 지상에 온 것이 6천 년 전이라고 나와 있으니 얼마나 혼란스러웠겠냐고 말했다. 네오는 아담이 본능적인 유전코드가 모두 없어진 최초의 인간이라고 했다. 따라서 자유의지가 있는 진정한 인간으로는 아담이 첫 번째라는 뜻이다.

나는 신이 악을 방치하는 건지 아니면 없애지 못하는 건지, 둘 중 뭐가 맞는지 물었다. 네오는 자유의지가 있는 한 악은 존재할 수밖에 없다고 했다.

그래서 나는 악이 대체 뭐냐고 물었다. 네오는 한 3~4분 정도 설명했지만 내가 이해하는 데는 몇 시간이 걸렸다. 네오는 나더러 손바닥을 자기 쪽으르 해서 손을 뻗어 보라고 했다. 그러고는 악을 보여 달라고 했다. 나는 가운데 손가락을 제외한 나머지 손가락을 접어서 흔히 하는 욕을 해 보였다. 네오는 내 손이 악한 거냐고 물었다. 내가 대답도 하기 전에 네오는 내 의도가 악한 거였냐고, 그 의도가 누구를 향한 것이냐고 물었다. (그것은 실제로 나를 향한 것이었다. 내 손바닥이 내 쪽을 향한 게 아니었으니까.) 그러고는 내가 손을 펴서 정식으로 선서하면 손이 악한 거냐고 물었다.

"알겠어요. 한 가지 답이 수천 가지 의문을 불러일으킨다 이거죠?"

"물론이에요. 하지만 드루, 이걸 연구하면서 소위 '악'이라 부르는 것이 자유의지에 핵심적인 부분이라는 사실을 알아야 해요. 영혼이 자유의지를 누리려면 악이 존재해야만 한다는 뜻입니다."

나는 몇 가지 멍청한 질문도 던졌다.

"네오, 그렇다면 이 우주는 얼마나 큰 거죠?"

네오의 대답은 흥미로웠다.

"이것만 말해 두지요. 밤하늘에 보이는 우주 공간은 사실 흰색입니다."

나는 네오가 무슨 말을 하는지 이해하지 못했다. 하지만 이것은 연구해 보면 지식을 얻을 수 있는 그런 대답들 가운데 하나였다. 내가 배운 것을 적어 보자면 이렇다.

허블 망원경보다 100만 배는 더 강력한 망원경을 가져다가 찾을 수 있는 가장 어두운 곳을 향하게 한 뒤에 짧은 시간 동안 영상을 찍으면 원판이 완전히 하얗게 나올 것이다. 지금 빛을 발산하는 별들에서 나온 빛과 지금은 사라지고 없지만 빛은 아직 우주에 떠다니는 별들에서 나온 빛으로 하얗게 될 것이다. 우주는 진정 빛으로 가득하다.

나는 이집트인이 어떻게 피라미드를 만들었느냐는 우스꽝스러운 질문도 했다. 나는 지금까지도 이집트인이 어떻게 거대한 돌을 효과적으로 날라서 피라미드를 20년 만에 만들었는지 밝혀지지 않았다고 말했다. 네오는 피라미드에 쓸 돌을 운반한 사람들은 세 무리로 나뉘었다고 대답했다. 정복 활동에서 잡은 외국인 노예, 죄수 그리고 이집트 농부. 이들은 몇몇 무리로 분류되어 돌을 잘라내고, 이동하고, 얹어 놓는 일을 하여 돈을 받았다. 어떤 사람들이라도 끌과 통나무와 수레, (그리고 때때로) 바지선이 있으면 독립 하청업자로 활동할 수 있었다.

일단 돌을 자르고 이동하여 얹어 놓으면 돌의 크기에 따라 돈을 지급했다. 바로 이런 까닭에 피라미드를 쌓는 돌들은 일정한 규격이 없었다. 좀 더 크고 효율적인 무리들은 큰 돌을 날랐고, 작은 무리들은 작은 돌만 날랐다.

노예와 죄수 역시 마찬가지로 돈을 받았지만, 돌을 특별한 모양으로 만들라는 주문을 받은 노련한 석수의 감독을 받았다. 이런 돌은 만들고 이동하는 데 시간이 더 걸렸고, 따라서 덜 효율적이었다. 석수와 조각가들은 돌 크기에 따라 따로 돈을 받았으므로 크기가 얼마나 되든 상관하지 않았다. 하지만 죄수와 노예들은 결과적으로 자유 노동자들에 비해 훨씬 적은 피라미드를 만들었다.

네오는 거의 아무도 모르는 이야기도 들려 주었다. 이집트 지도자들이 피라미드 건설에 걸린 시간이 짧다고 떠벌리면서 실제로 작업이 마무리되기 한참 전에 완성되었다는 문구를 새겨 넣었다는 이야기였다.

나는 지구가 다른 행성이나 다른 생명체에게 어떻게 비춰지는지 물었다. 네오는 우리가 보지 못하는 스펙트럼이 있는데 지구 과학자들이 아직 이것을 밝혀내지 못했다고 대답했다. 그 스펙트럼은 정보 파장을 통합하여 푸른 빛으로 나타난다. 그래서 다른 행성에서 이 스펙트럼을 보면, 지구는 초신성 단계로 진입하는 초거성으로 보인다. 멀리 떨어진 곳에서 보면 이곳은 지난 75년간 급속도로 밝아지고 있는, 눈부시게 밝은 별로 비춰지는 것이다. 이 스펙트럼은 극도로 먼 곳에서도 눈으로 볼 수 있고, 따라서 지구는 별이 아닌데도 아주 먼 곳에 있는 행성에서도 보인다.

그곳에서 지구를 보면 지구가 초거성이나 초신성으로, 팽창하거나 폭발하는 것으로 착각하게 된다. 이렇게 된 이유는 지구가 현대 통신수단을 발명한 후부터 이런 파장이 증가했기 때문이다. 그러니 날마다 점점 밝아지듯 보이는 것이다. 더 많은 파장이 바깥으로 흘러나갈수록 (휴대 전화에서 나온 파장이든, 인공위성에서 우주선으로 쏜 파장이든, TV 신호나 무전기 신호든) 지구는 더욱 밝아진다. 이 모든 파장이 외부 행성에서 보는 지구의 빛을 더해 주는 셈이다. 천체에 한정하자면 지구는 지극히 드문 보석이라고 할 수 있다.

교회가 완벽한지 혹은 신에게 이르는 올바른 길인지에 관한 대답은 이미 언급했지만 앞으로도 더 이야기할 것이다. 하지만 나는 이 문제와 관련해 의문기 떠올라 종교들이 앞 다투어 '신의 목소리'라고 주장하는 것에 관해 조사해 보게 됐다. 그러다가 흥미로운 정보를 찾았다. 1431년 유럽에서 열린 재판 기록이었다. 나는 네오에게서 "역사에 기록된 내용을 읽을 때는 그 안에서 메시지를 찾아내려고 하라"라는 조언을 들었다.

당시는 가톨릭교회가 종교 사상의 상당 부분을 통제하는 시기로, 아직 종교개혁이 일어나기 전이었다. 당연하게도 나는 이 이야기의 여주인공을 안다.

'오를레앙의 소녀'라고 알려진 그 여성은 성 가브리엘, 미카엘, 카타리나, 마르가리타가 자신을 방문한 이야기를 두려워하지 않고 발설했다. 이 여성의 이름은 잔 다르크.

1431년 2월 22일 목요일, 교회 '신부와 고위 인사들'에게 취조 당하던 잔 다르크는 저명한 신학 교수 장 보페르에게서 모든 질문에 사실대로 말할 것을 서약하라는 요청을 받는다. 잔 다르크는 대답할 수 있는 것은 대답하겠으나 할 수 없는 것은 하지 않겠다고 답한다.

"나는 모든 것을 계시에 따라 행했다." 이것이 잔 다르크의 주장이었다.

역사에 따르면 법정은 판결을 내리려고 영감을 구했다. "가톨릭 신앙을 지키고 찬미하는 것이 우리의 임무이므로, 우리는 예수 그리스도의 온화한 지원을 받아 우선 전술한 잔이 진실을 모두 말하라고 관대하게 권고하고 요청했다."

재판 도중 여러 차례 잔 다르크는 (신은 아닐지 모르지만)

천사들에게서 명령을 받았다고, 그리고 그 명령이란 어떤 질문에는 대답하지 말고 어떤 질문에는 담대하게 대답하라는 것이었다고 말했다. 법정은 이를 이단이자 위증으로 간주했다.

잔 다르크는 말했다. "그 음성이 저더러 말하지 말라고 했는데 어찌하라는 말입니까?"

양쪽 모두 신이 부여한 권위를 주장하며 스스로 옳다고 말했다.

교회는 잔 다르크에게 말했다.

"…그 말(천사들의 목소리)을 믿지 마라. 그리고 그런 것에 대한 믿음이나 상상을 버리고 파리 대학과 다른 박사들의 말과 의견을 믿으라. 그들은 법과 하느님과 성서를 잘 아느니…."

1431년 5월 24일, 잔 다르크는 '화형' 당한다는 두려움에 자신의 진술을 철회했다. 잔 다르크는 이렇게 말했다(혹은 이렇게 말했다고 기록됐다). "이 범죄와 과오들을 하느님의 은총으로 성스러운 교리와 여러분, 그리고 여러분이 보낸 학자들을 통해 진리의 길로 돌아선 저는 거짓 없이 기쁜 마음으로 철회하고 취소하며 모두 버립니다."

나흘 후 잔 다르크는 다시 법정에 올라섰다. 그 사이에 천사들이 잔 다르크에게 "자기 목숨을 구하려고 저주를 자초했다"라고 말했기 때문이었다.

이때 가톨릭교회가 적은 문장은 흥미롭다.

"주님의 이름으로, 아멘. 주님의 무리들을 신실하게 이끌고자 하는 교회의 사제들은 모두, 불충한 자들이 그리스도의 무리에게 사악한 독을 주입하려고 엄청난 간계로 노력할 때, 온 힘을 다하여 더욱 깨어 걱정하며 악한 자의 공격에 맞서야 한다. 특히 성서에 성스러운 교회가 애써서 싸우지 않으면 거짓 선지자가 세상에 많이 내려와 다른 교리로 그리스도의 신실한 사람들을 유혹하려고 한다고 기록되어 있는 이 시대에는 특히 그러하다."

이로부터 86년이 지나서야 마틴 루터가 '95개 조항'을 비텐베르크 만인 성자 교회 문에 붙여서 가톨릭교회에 저항하는 사람들에게 문을 열어 주고, 가톨릭 표현에 따르면 '지옥에 갈 종파들'이 여럿 도입되는, 혹은 프로테스탄트 운동이 시작되는 계기를 마련한다.

잔 다르크는 어떻게 되었는가? 이단으로 낙인 찍혀 파문당하고, "이단이라는 나병에 걸린 사탄의 앞잡이"라고 불렀다. 그리고 다른 신도들에게 병을 옮기지 않도록 화형당했다.

전하는 바에 따르면 잔 다르크는 화형대에서 죽기 전에 자신을 비난한 자들을 용서했다고 한다. 오늘날 잔 다르크는 많은 사람에게 진정한 성녀로 추앙받는다.

지금까지 늘 그랬듯 인간은 신, 예수, 알라, 기타 온갖 이름으로 자신이 신의 대변인, 음성, 통역자라고 주장한다. 더 나아가 이를 법정에서, 전장에서 제정신 있는 사람이든 제정신 아닌 사람이든 모두에게 주장한다. 이들은 모두 틀렸거나 아니면 반대로 모두 옳다. 중간은 있을 수 없다. 몇몇 교회만 옳을 수는 없다는 말이다.

분명히 하려는 마음에 나는 성경이 인류에게 어떤 의미가 있는지 또는 있어야 하는지 직접적으로 물었다. 네오는 이렇게 답했다. 성경은 수많은 사람에게 '완전함을 향해 나아가는 계획 혹은 청사진'으로 비춰진다. 이것은 내게 늘 혼란을 빚었다. 성경이 진정으로 신의 유일한 계획(혹은 청사진)이라면 어째서 그걸 토대로 지은 건물(혹은 결과물)이 이토록 다르다는 말인가? 각 종교와 단체들은 어째서 그토록 다른 것인가?

네오는 성경(경전)들이란 인간이 도덕적이고 성스러운 삶을 만들어 나가기 위한 청사진이라고 말했다. 각 종교의 성서는 바로 이런 목적을 위한 것이다. 다른 종교를 없애고 유일 종교가 되기 위한 것이 아니라 도덕적인 인간을 만들어내기 위한 것이라는 뜻이다.

질문은 끝없이 이어지는데 시간은 부족했다. 우리는 죽은 뒤에도 살 것이고, 신은 존재하며, 달은 우주라는 물을 저장하는 창고다. 한 가지 질문에 관한 답은 수천 가지 의문으로 이어졌다. 나는 한편으로는 만족스러우면서도 한편으로는 절망적이었다.

희망은 잊어버려라

난 그냥 나일 뿐이지 신이 아니에요. 당신도 신이 아니고요!

난 먹고살려고 날마다 일도 하고 매달 돈도 내고, 게다가 남의

아파트에 처음여기지도 않는다구요.

　　네오와 대화하는 내내 '희망'이라는 개념은 단 한 번밖에 논의되지 않았다. 게다가 시간도 짧았다. 세상과 여러 종교는 신과 천사와 사후 세계가 존재한다는 희망과 믿음을 중요하게 여기지만, 나는 이미 천사 앞에 있었다. 이렇게 천사나 사후 세계가 존재한다는 사실을 이미 '아는' 상황이니 굳이 '희망'을 가지려 하지 않아도 된다는 점은 이해가 갈 것이다. 당신이 특정 종교의 신자든 아니든 우리는 이 별을 떠난 후에 길고 긴 시간 동안 살아갈 것이다.

　네오는 인류가 희망이라는 것을 만들어 사람들에게 그것을 찾아내라고 무한히 긴 시간동안 설득해 왔다는 사실을 알려 주었다. 인류는 희망을 정의하고 그에 관해 수없이 많은 기록을 남겼다. 세계 여러 종교들은 각자의 방식으로 희망이 무엇인지 정의하고, 회중들에게 '내세의 희망'을 위해서 이러저러한 것을 믿어야 한다고 말했다. 사실 우리는 끝없이 이어지는 삶 속에서 지구에 오게 되었고, 이 사실은 누구도 바꿀 수 없다. 우리 삶이 지속된다는 점은 우리가 어찌할 수 있는 일이 아니다. 삶은 계속될 것이다. 우리는 신이 보기에 좋은 일을 함으로써 자신의 성장을 가속시킬 수 있다. 그렇게 하는가 마는가에 따라 우리가 세상에 어느 정도의 가치를 더해 주는지가 결정되고, 따라서 다음 세상에서 얻을 지위도 정해진다. 다음 세상에서 얻을 위치는 신의 가족인 영혼으로서 어떤 가치가 있는지에 따라서가 아니라 이 세상에서 어떤 일을 했는지에 따라 달라진다는 뜻이다.

이 진술은 '어찌됐든' 믿으면 구원을 받는다고 이야기하는 신앙이나 믿음에 정면으로 위배된다. 아무것도 하지 않아도 된다고 말하거나, 보이지 않는 신과 마음으로 관계를 형성하여 '그의 나라'에 자리를 얻으면 된다고 말하는 신앙 말이다. 사실 이것도 옳은 말이기는 하지만, 자신이 선택하거나 선택 받은 사명을 제대로 이행하지 못하고 이곳에서 아무것도 배우지 못한 채 시간을 낭비한 사람들은,

적극적으로 자기 사명을 이행한 사람에 비해 사후 세계에서 낮은 지위를 얻게 된다. 이곳에서 얻은 귀중한 기술은 다음 세상에서 봉사하는 데 쓰일 예비지식이 된다. 자신의 사명이 뭔지 배우고 잘 해내겠다는 태도로 임하는 '개미'는, 과거에 어떤 사명을 받았든 다음 세상에서는 이끄는 자가 된다. (사명은 그것을 이행하는 사람이 정의한다.)

내가 이해한 대로 핵심을 적어 보자면, '희망을 구하고 찾으려 하지 마라'가 된다. 희망을 만들어 내거나, 특정 교리에서 희망이라고 정의하는 것을 믿지 마라. 죽음 이후에도 살게 된다는 점을 믿고 그에 대해서는 잊어버려라.

네오는 내게 잊을 수 없는 이야기를 들려 주었다.

"드루, 언젠가는 잠이 들었다가 깨어나 보면 다른 세계에 와 있음을 알게 될 겁니다. 밝게 빛나는 듯한 이해력을 얻게 될 테고, 지상에서의 경험은 끝이 났음을 이해할 겁니다. 곧바로 어떤 임무를 받게 될 텐데, 그 일은 이곳에서 무엇을 배웠는지에 따라갑니다. 자비롭고 정의롭게도 자신이 할 줄 아는 일을 하게 되는 거지요. 시계장이는 다시 시계를 만드는 게 아니라 새롭고 중요한 일을 맡게 됩니다. 인간으로서 경험하고 배운 지식 덕분에 할 수 있는 일을 말입니다. 절름발이나 눈먼 사람들은 인간 세상에서 고통을 견디면서 배운 것들 덕분에 할 수 있는 어떤 일을 맡게 될 테죠. 신에게는 인간이 필요해요, 드루. 다음 세상에는 '이끌어갈 누군가'가 끝없이 필요하고, 천사들은 그렇게 할 수 있는 사람들을 지상에서 찾아내는 겁니다.

천국은 학교가 아니에요. 우리는 '오직 그곳에 가서 임무를 배우고 특별한 기술을 익히려는 이유'로 지상에서 사는 게 아닙니다. 물론 그곳에서도 계속 배우기는 하겠지만 지상에서 해야 할 일을 하면서 도달한 수준에서 시작하는 것이지요."

나는 왜 이런 내용이 이제까지 기록되지 않았느냐고 물었다. 네오는 이 원리가 지구 역사 시작부터 전달되었는데, 인간의 욕심 때문에 특히 종교와 신이라는 명목하에 진실이 감춰지게 됐다고 말했다. 도마 복음서(나는 읽지 않았다)에 보면 기록돼 있고, 신약과 구약 성경에도 어느 정도 나와 있다고 한다. 하지만 원저자의 글은 변질되어 깊이 감춰진 커다란 수수께끼가 되었다고.

하지만 이 세상의 역할이 뭔지 알고 나니 지상에서 우리가 추구해야 할 목적이 무엇인지 명확하게 알 수 있었다.

우리는 단지 신에게 돌아가려고 이곳에 온 것이 아니다. 돌아가는 것은 누구나 할 것이다. 우리는 이곳에 있는 동안 성취한 것을 신에게 선물로 가지고 돌아가려고 이곳에 왔다. 세상의 눈이 아니라 신의 눈으로 봤을 때 우리가 배우고 성취한 것, 그 재능을 선물로 가지고 돌아가야 한다.

삶이 펼쳐지는 과정에서 중요한 것은 우리가 배운 것을 어떻게 활용하는가 하는 점이다. 단지 발견하는 데서 그치지 말고 적용해야 한다는 소리다. 마치 DNA 분자라는 무한히 작은 회로에서 출발하는 것처럼. DNA 분자는 수백만 년 전에 만들어졌다. 오늘날 인류는 지난 몇 백 년 사이에 '발견한' 것들을 엄청나게 자랑스러워하는데, 물론 이것은 자랑스러운 일이다. 하지만 우리는 마치 '발견＝창조'인 양 생각한다. 이미 억겁 전에 발견된(창조된) 것을 '찾아내는 것'을 발견이라고 하고 싶다면 좋다.

하지만 이야기를 끝까지 들어 주기 바란다. 오래 전, 고대 석공이 파라오를 위해 화강암 덩어리를 만들어냈다. 석공은 아버지와 마찬가지로 자신의 아들이 더 나은 직업과 인생을 누렸으면 한다. 그래서 아들이 지리를 배워서 돌을 깎는 대신 깎인 돌을 쌓아 탑 만드는 일을 했으면 한다. 지리를 배운 이의 아들은 다시 공학을 배워서 다리와 왕궁을 만든다. 공학도의 아들은 다시 시계 만드는 법을 배운다. 시계장이의 아들은 진공관 만드는 법을 배운다. 또 그의 아들은 트랜지스터 만드는 법을 배우고, 그의 아들은 마이 크로칩 만드는 법을 배우고, 그의 아들은 마이크로 핵 엔진 만드는 법을 배운다. 그러나 여기서 얼마나 더 뻗어 내려가야 DNA 분자를 만들 수 있게 되겠는가?

발견이 곧 창조라면 오늘날 과학은 아무것도 발견하지 못하는 셈이다. 단지 오래 전에 살던 아주 뛰어난 과학자들이 만들어낸 것을 찾아낼 뿐! 그리고 이 과정에서 신은 무엇을 했는가? 전체 프로젝트를 감독한 것이다. 지금도 마찬가지고.

나는 네오에게 왜 사람들이 이런 지식을 숨겼는지, 그리고 왜 오늘날까지도 제대로 이해하지 못하는지 물었다. 네오는 삶의 비밀스러운 원리들에 '자금이 필요 없다'라고 대답했다. 나는 이 대답이 뭔가 기이하다고 늘 생각했지만 그때는 아무려면 어떤가 싶었다. 내 생각에 네오의 답은 이런 뜻이다. 어떤 단체의 가르침이 충분히 설득력 있지 않아서 적절한 기부금을 얻지 못한다면 그 가르침은 사라진다. 슬프게도 여러 단체에서는 개인이 구원받는다는 가르침을 베풀며 엄청난 돈을 긁어모으는데, 이것은 중세 암흑시대에 면죄부를 판매하던 때부터 이어져 왔다. 어떤 종교는 실제로 십일조를 '화재보험'이라고 부르기도 한다.

우리 만남은 끝으로 달려가고 있었고, 나는 나중에 조사하는 데 도움이 될 만한 대답을 얻어낼 수 있는 쪽으로 질문했다. 논의하려고 하기보다는 메모하면서 되도록 기록을 많이 남기려 했다. 나중에 조사하면서 스스로 더 깊이 이해할 수 있을 테니. 올바른 결론을 모르면 추측하게 될 뿐이다. 희망에 의지할 수밖에 없는 것이다.

예를 하나 들어 보겠다. 네오는 나더러 복음서를 모두 연구하라고 했다. 내가 이미 읽었다고 하자 네오가 정정해 주었다. '전부 다' 읽으라고. 그 후로 나는 네오가 말한 대로 연구하기 시작했다. 역사를 조금 공부해 보니 콘스탄티누스 황제가 성경 사본들을 모아서 331년에 책으로 묶으라고 명령했다는 사실을 알게 되었다. 그때는 황제도 세례를 받지 않았다. 학자들은 '투표'에 따라 신약성경에 들어가게 된 4복음서가 250가지 복음서 중 선택된 것이라고 추정한다. 막달라 마리아, 베드로, 도마, 클레멘스, 빌립,

맛디아, 가룟 유다의 복음서, 이브의 복음서, 완전함의 복음서도 있다. 이것들은 가톨릭교회가 처음 발표한 신약성경에서 모두 배제되었다. 나중에 제외된 책들 중 몇 개만 언급하자면 안드레아의 행전, 외전들도 있다. 이 모든 책이 책 한 권으로 제작될 수는 없었기에 초기 가톨릭교회는 어떤 책을 사용할지 결정해야 했다. 신약성경이 점차 모양을 갖추고 정리되면서 마지막으로 빠진 책들이 외경들이다.

기계적으로는 처음 성경을 인쇄하기 전(구텐베르크가 1454년경 인쇄술을 발명하기 전)에는 오래된 필사본을 번역한 책이 많이 있었다. 아퀼라, 테오도티온, 심마쿠스, 콥트, 아르메니아, 그루지아, 에녹, 고트, 고대 라틴, 불가타 판본 외에도 여러 가지 성경이 있었다. 7세기에 학자들이 성경을 영어로 번역하기 시작했다. 위클리프, 틴들, 커버데일, 니콜슨, 토머스 매튜(로저스) 판본이 있었는데, 이 모두 헨리 8세가 성경을 만들라고 명령하는 토대가 됐다.

1604년 6월 30일, 제임스 1세는 공식으로 44명을 임명하여 오늘날의 킹 제임스 성경을 만들라고 지시했다. 그후 '영어 개정본'에 분명한 오류가 너무 많이 발견됐다.

1870년에 캔터베리 주교회의에서 위원회를 구성하여 다시 성경을 개정하기로 했다. 11년 뒤에 개정판이 나왔다. "3만 곳 이상을 수정했는데, 그 가운데 킹 제임스 성경을 만들 때 사용한 판본과 그리스 판본에서 서로 다른 부분이 5000곳에 이르렀다." 그 후로 미국에서만 1900년, 1928년, 1937년, 1946년, 1962년, 1970년에 개정됐고, 그리고 아마도 더 개정됐을 것이다. 물론 나는 이 방면의 학자는 아니고, 단지 역사에 기록된 정보를 언급할 뿐이다. 브리태니커 사전에는 복음서에 관련한 참고 항목만 1000개가 넘게 수록돼 있다. 네오가 지적했듯, 한 가지 질문의 답이 수천 가지 의문으로 이어지는 것이다.

나는 업적도 있고 재능도 있지만 악한 사람은 심판과 벌을 받느냐고 물었다. 네오는 그 사람들이 '직접' 벌하고 벌 받는다고 했다. 나는 그것이 무슨 뜻이냐고 했다. 네오는 헨리 8세, 제임스 1세, 콘스탄티노플 황제와 기타 뛰어난 일을 성취하고 재능을 일궜지만 악명 높았던 사람들은 오늘날 기독교에서 사용하는 성경을 '만들어내는 데' 앞장선 사람이었다고 했다. 하지만 그들은 무고한 사람들을 처형하라는 명령을 내렸다. 당신이 신이라면 자신이 다스리는 영역에 그들을 받아들이겠는가? 나라면 아마도 그러지 않을 것 같다. 하지만 좋은 일과 나쁜 일의 무게를 달아볼 수도 있지 않을까? 나도 잘 모르겠다. 네오는 시간이 흐르면 내가 심판하고, 성취와 도덕 가치를 재는 법을 알게 될 거라고 했다.

그러니 비도덕적인 일을 하는 사람들, 선량함과 공정함과 정직과 같은 기본 원리를 따르지 않은 사람들은 자신이 사랑하는 악기를 빼앗긴 채로 감옥에 갇힌 바이올린 연주자처럼 된다고 할 수 있다. 이 생이 끝난 후, 다음 생에서 아무런 할 일도 없이 지낸다는 건 분명 지옥 같으리라.

나는 사람들에게 사건이 일어나는 이유에 관해 궁금한 게 많았다. 정당하게 일어난 일이든 부당하게 일어난 일이든. 그 사람이 부자든 가난하든, 또는 건강하든 절름발이든. 나는 이렇게 다양한 삶이 어느 정도나 '이미 예정된' 것인지 궁금했다. 결국 사람들은 질병이 예정된 것이고 어떤 목적이 있어서 그리 된다고 믿지 않는가. 이렇게 생각하면 마음에 위로가 된다는 점은 나도 인정한다.

네오가 말했다.

"좋은 일과 나쁜 일은 누구에게나 일어나는데, 비극적

인 일이 일어나면 사람들은 대부분 신을 비난합니다. 힘든 일이 일어나게 한 원인도 신이라고 믿고, 정말로 필요할 때 신이 아무것도 해 주지 않는다고 여기죠. 사람들은 신이 세상을 다스리는 데 필요한 모든 책임을 지면서, 동시에 인간 하나하나의 삶에 참견한다고 공공연하게 믿어요. 또 누가 건강하게 태어나고 누가 불구로 태어날지도 신이 정한다고 여기죠. 하지만 실상 신은 인간에게 뛰어난 업적을 남길 수 있는 능력을 주고, 인간이 태어나는 외부 환경이 어떻든지 영적인 것은 모두 갖추게 했어요. 그리고 인간들은 영적인 조건을 개선해서 신을 찾으려고 노력해야 합니다. 이런 우주의 법칙은 바뀌거나 없어지지 않아요. 몸과 마음과 영혼을 어떻게 성장시키는가. 이것이 이 세상에서 이룩할 성취 수준과 다음 세상에서의 성장 속도를 결정합니다."

나는 잠시 이 말에 대해 생각하다가 말 안 듣는 아들과 딸을 둔 어떤 고민 많은 남자가 떠올랐다. 불순종과 부도덕을 신보다 더 많이 경험한 이가 있을까? 신의 아들인 예수와 아침의 아들(일찍 창조됐다는 뜻)인 루시페르가 처음 영혼으로 창조된 신의 자녀였다고 가정해 브자. 이것이 참이라면 신은 두 아들 중 하나를 악에게 빼앗겼다는 뜻이다. 아담은 카인을 악에게 빼앗겨, 두 아들 중 하나를 잃었다. 다윗 왕과 압살롬 역시 그러했고, (사무엘을 키운 제사장) 엘리의 아들들도 그러했다. 도덕적인 사람이 부도덕한 아들을 둔 사례는 많다. 부도덕한 사람이 결국 도덕적이 된다고 해도 처음부터 옳은 길을 걷기로 한 사람에 비해 한참 뒤쳐지는 셈이다. 이것은 물살을 가로막는 댐이다. 물이 '행위'라면, 댐에 막힌 물은 결코 막힘없이 흐르는 물과 같지 못할 것이다.

하지만 허약한 사람이 어떻게 건강한 사람과 동등한 입장에 놓일 수 있을까? 헬렌 켈러, 스티븐 호킹, 그리고 믿기지 않을 정도로 대단한 여러 사람들이 질주하듯 떠올랐다. 이 점을 명확히 보여 주기 위해, 스티븐 호킹의 상황을 간략히 알아보자. 이 훌륭한 사람은 근위축성측색경화증 ALS에 걸렸다. 호킹이 영국에서 옥스퍼드 대학에 다닐 때 증상이 시작되었다. 21세 생일을 맞이할 즈음에 의사들은 호킹이 점점 나빠지고 있다고 진단했지만 무슨 병 때문인지는 알지 못했다. 호킹은 죽음이 임박했다고 생각하고 일반상대성이론과 우주론을 다시 공부하기로 결심했다. 호킹은 박사과정이 끝날 때까지 살지 못할 거라고 생각했다. 그의 웹사이트에 보면, 호킹이 살아갈 의욕이 별로 없었고 스스로 '비극적인 인간'이라고 생각했다는 내용이 기록돼 있다. 호킹은 어느 날 처형당하는 꿈을 꾸었다. 호킹은 사형 집행이 연기된다면 자신이 어떤 일들을 할 수 있을지 생각했다. 또 한번은 남들을 위해 목숨을 희생하는 꿈을 꾸었다. 호킹은 다른 환자와 병실을 같이 쓰면서 백혈병에 걸린 소년의 죽음을 목격하게 됐다. 그런 뒤에 어차피 죽을 거라면 좋은 일을 하고 죽자고 결심하게 됐다.

다행히도 스티븐 호킹은 죽지 않았다. 지난 40년간 그는 명예 학위를 12개나 받았고, 베스트셀러 책을 세 권 썼으며, 이론물리학, 천체물리학, 일반 상대성, 원자와 분자 다발, 기타 온갖 복잡한 주제에 관한 논문을 펴냈다. 컴퓨터 언어 프로그램을 갖고 온 세계를 다니며 강연도 한다. 수많은 메달과 훈장을 받았고, 20세기가 낳은 지성으로 손꼽힌다. (호킹은 갈릴레오가 죽은 지 300년 후에 태어났다.) 팔다리나 음성을 거의 이용하지 않고도 이 많은 일을 해낸 것이다.

이것은 아마도 우리 역사에 기록된 '업적' 가운데 가장 대단한 것이 아닐까 싶다. 이 모두 한 사람의 마음에서 비롯되었다.

호킹은 마음도 넓고 유머도 풍부하다. 언젠가 이렇게 말했다.

"이런 질문 자주 듣습니다. ALS에 걸린 걸 어떻게 생각하세요? 제 대답은 '별로 생각 안 해요'입니다."(www.hawking.org.uk)

희망? 거기에 시간 낭비하지 마라. 당신과 나는 살 것이다! 그것은 이미 확정된 사실이고, 무엇도 이 사실을 바꿀 수 없다. 하지만 이곳을 떠난 뒤 어떤 위치에 가게 될지는 아직 결정되지 않았다. 죽은 뒤에도 살 거라고 희망하느라 시간 보내지 말고 자신이 해야 할 일에 시간을 쏟아라.

믿음

난 그냥 나일 뿐이지 신이 아니에요. 당신도 신이 아니고요!

난 먹고살려고 날마다 일도 하고 매달 돈도 내고, 게다가 남의

아피트에 쳐둘어가지도 않는다구요

　　"그런데, 네오. 사적인 질문 하나 할게요. 자신의 삶에 관해서, 그러니까 지상에—아니 다른 별일지도 모르겠지만—처음 왔을 때의 삶이 어땠는지 말해줘요. 있잖아요, 어린아이였을 때 뭐 그런 이야기요. 그때는 몇 년도였죠?"

　　"뭐 좋아요. 내가 항상 재미있다고 생각한 이야기를 들려주겠습니다. 그건 이곳 지구에서 일어난 일이었어요. 나는 지금 인류가 프랑스라 부르는 지역에서 처음 태어났습니다. 몇 년도였는지는 사실 아무런 의미도 없겠지만 약 8천 년 전이라고 해 두지요. 그때 인류는 꽤나 원시적이었지만, 사람들이 모여 사는 마을은 상당히 체계가 잡혀 있었습니다. 당시에는 국가라는 것도 없었고 영토 같은 개념도 없었어요. 사람들은 그냥 씨족 집단에 소속되어 살았죠. 당시 사람들은 오늘날 고고학자들이 추정하는 것보다 훨씬 무역을 많이 했습니다. 그때 우리는 오늘날 터키와 요르단에 해당하는 지역 사람들과 알고 지냈지만, 미대륙이나 중국 그리고 섬나라와 기타 지역에 관해서는 몰랐어요. 내가 처음 이동했을 때 전 세계 인구는 700만이 갓 넘은 상태였습니다.

우리 부족은 상당히 컸고, 알려진 역사도 174년이었어요. 요즘 사람들 생각과는 달리 당시에도 생활과 역사를 정확히 기록했어요. 나무 막대기에 새겨 넣었죠. 우리는 동굴 시대 사람들처럼 웅얼거리지 않고, 오늘날 사람들처럼 말할 수 있었어요. 우리 어머니는 딸을 셋 낳고 나서 나를 낳았죠. 첫째 누나는 당시에 쓰던 말을 최대한 옮겨 보자면, '신뢰' 때문에 죽었어요.

'신뢰trust'와 '찌르기thrust'는 사실 요즘 학자들이 이야기하는 것과는 다른 어원에서 유래됐습니다. 두 낱말 모두 여러 세대를 거쳐 영어에 편입됐는데, 당시에 사용한 표현들 중 아주 중요한 것이었죠. 물론 그때 우리 언어와 지금 이 두 단어는 아주 다르지만, '찌르기'와 '신뢰'는 지금 드루가 이해할 수 있는 방식으로 설명하기에는 가장 적절한 예가 될 겁니다.

그때는 경찰도 없었고 범죄 수사도 없었어요. 숲에 혼자 있다가 다른 부족 사람에게 잡히면 쉽사리 살해당했습니다. 그들에게 사랑이나 신뢰를 받아야만 살아남아서 높은 사람과 대면할 수 있었어요. 그때는 단지 소지품을 약탈하려고 살해했고, 그래서 증거가 될 만한 물건을 남겨 놓지도 않았죠. 그래서 사람들은 가까이 모여서 씨족을 이뤄 서로 보호해 주면서 살았습니다.

서로 힘이 비슷한 두 씨족이 충돌해서 어느 쪽이든 쉽게 이기지 못할 경우는 아예 싸우지 않고 피했습니다. 싸움에서 일시적으로 승리한다 해도 주력 방어부대와 사냥꾼이 모두 다치거나 사라져 버리면 씨족 전체가 죽음에 처하고 말았으니까요.

우리 부족에서 사람들을 이끄는, 상당히 신뢰 받던 몇몇 소수는 춤과 함께 벌이는 일종의 환영식을 받기도 했어요. 이것에 관한 기억은 늘 유쾌한 추억으로 내 가슴에 남아 있습니다. 특히 '신뢰 환영식'은 아주 각별했어요. 우리 아버지(요즘 말로는 역사가, 그때 말로는 '조각가'였어요)가 바깥에 나갔다가 들어올 때면, 사람들은 손을 펴서 손바닥이 위로 가게 한 다음 팔을 양쪽으로 벌리고 위를 바라보아 목이 드러나게 했습니다. 이걸 악수처럼 재빠른 동작으로 했지요. 그러면 아버지도 똑같이 인사했어요. 이것이 우리가 서로 인사하던 방식이었어요. 악수였던 셈이지요.

시간이 지나면서 그건 사랑과 신뢰와 우정을 전달하는 표현이 됐습니다. 손을 펴서 무기가 없음을 보여 주고 목을 드러내어 그 사람에게 살해당할 위험을 감수하는 거죠. '찌르다(검을 찌르다)'라는 말은 상대가 목을 드러낸 사람에게 무기를 사용할지 모른다는 뜻에서 유래됐어요. 아까도 말했지만, 이것을 가족이나 친구 간에 인사로 사용할 때는 오늘날 가벼운 포옹이나 악수 정도로 해석할 수 있습니다. 하지만 잘 모르는 사람들 앞에서 정식으로 인사하게 되면 이런 행동이 훨씬 중요하고 의미도 커지지요. 그래서 씨족 대 씨족 사이에서는 이것이 아주 중요한 의식이 되었습니다.

어떤 씨족의 구성원들이 더 강한 경쟁 씨족에게 벌판에서 붙잡히게 되면 대량 살육당할 위험에 처하게 됩니다. 죽음이 임박할지 모른다고 느낀 작은 씨족 사람들은 자기 소지물을 모두 바닥에 내려놓고 '찔리기 쉬운' 자세를 취합니다. 이렇게 하면 강한 씨족 사람들이 원하는 물건만 가져가고 작은 씨족 사람들을 죽이지 않을 수도 있죠. 그때는 대부분 이런 자세를 취했습니다. 작은 씨족 사람들이 마을에서 멀리 떨어져 있지 않았기 때문에 침입자들이 자기들 목숨을 앗아가서 부족 전쟁으로 확대되게 하지는 않을 거라고 생각했기 때문이었어요.

가장 즐거운 추억은 우리 마을에서 있었던 '신뢰 의식'이었어요. 우리 부족은 상당히 커서 주요 가계도 6개에 이르고 구성원이 4천 명에 달했습니다. 하지가 되면 행사가 열렸습니다. 현명하고 지혜로운 사람들이 참석함으로써 최고조에 달하는 커다란 축제였죠. 부족을 다스리던 이 사람들은 신뢰 의식을 위해 원 모양으로 섰어요. 그리고 그 원을 노동자, 사냥꾼, 전사들이 둘러쌌습니다. 하늘에서 그 장면을 본다면 아마도 커다란 과녁처럼 보였을 겁니다. 안쪽 원에 있는 사람들이 바깥쪽 사람들에게 신뢰 인사를 하면, 바깥쪽 사람들이 다시 안쪽 원에 있는 사람들에게 똑같이 인사했어요. 막대기와 무기는 양쪽 무리 사이에 내려놓았어요. (막대기는 씨족의 역사와 법을 새겨 넣은 것이에요.)

서로 인사하고 나면 삶을 찬양하는 의식으로 멋진 춤을

추었죠. 당시에는 신들을 숭배하지 않고 삶과 그 소중함을
찬양하기만 했습니다.

　자, 드루. 질문에 충분한 답이 됐나요? 나야 이 이야기
를 하는 게 즐겁지만 우리 시간이 짧으니 내 추억 이야기
로 시간을 허비하는 건 이기적이라는 생각이 듭니다.”

“아뇨, 그렇지 않아요, 네오. 아주 훌륭한 이야긴데요.
대단하잖아요? 8천 년 전 삶이 어땠는지 들을 수 있다니.
그것도 진짜로 있었던 일을! 멋져요! 하지만 이왕 솔직하
게 이야기하는 김에 여자 친구 얘기도 들려주면 좋겠네요.
어떤 여자였죠? 어떻게 만났어요?”

“음, 어찌됐거나 묻는 질문에 대답을 해야 하기는 할 것
같지만 이런 질문은 처음입니다. 당시 부족에서 내 이름은
‘애니잔’이었어요. 내가 아는 여자 중에 부족 지도자의 딸
인 ‘이새니아’라는 사람이 있었죠. 나는 이새니아를 좋아
했지만, 이새니아는 사실 내 가장 절친한 친구를 좋아했습
니다. 행사가 열릴 때면 이새니아는 나더러 짝을 찾으라고
놀리곤 했어요. 나는 수줍음이 많았고, 이새니아는 아주
직선적이었죠. 당시에는 남녀 지배 구조가 없었습니다. 남
자는 그저 남자였고 여자는 그저 여자였을 뿐, 오늘날 문

화와 같은 역할 정의는 필요하지 않았습니다.”

“잠깐만 네오, 그게 대체 무슨 말이죠?”

“여자는 여러 가지 일을 했고 아이도 낳아서 길렀어요. 본능적으로. 남자는 사냥을 하고 먹을 걸 구했습니다. 이역시 본능적이었어요. 당시에는 어느 정도 유전 코드, 그러니까 타고난 본능이라는 게 있었어요. 부족 재판에서 범죄자로 선고받은 사람은 대개 추방당했어요. 사람들은 서로 존중함으로써 무리 속에 남으려고 했습니다. 남자는 여자보다 신체적으로 크고 강했지만 여자를 학대하지 않았고, 여자는 본능적으로 사냥하고 싶은 욕망이 없었습니다. 그때는 어떻게 해서인지 그런 식으로도 잘 돌아갔어요, 드루. 요즘 세상은 훨씬 복잡합니다.”

“그럼 사냥하고 싶어 하던 여자가 하나도 없었나요?”

“뭐, 물론 가끔은 하고 싶다고 한 여자도 있고 그러면 남자들도 그러라고 했습니다. 여자들이 남자에게 아이를 기를 수 있으면 기르라고 한 것처럼. 하지만 시간이 지나자, 내 기억에 여자들은 항상 자신의 본능에 따라 원래 자리로 돌아왔어요. 게다가 솔직히 말해서 여자들은 사냥을 잘하는 편이 아니었습니다.

이새니아 이야기로 돌아가죠. 우리는 평생 여러 경험을 함께했습니다. 이새니아는 그때도 그리고 지금도 내겐 여왕이지요. 처음으로 이새니아와 단 둘이 있게 됐을 때, 나는 우리가 짝이 될 거라고 예감했습니다. 이새니아의 부족은 우리 부족과는 문화적으로 매우 달랐어요. 나중에 나는 우리 부족에서 나와 이새니아 부족으로 흘러들어갔죠. 어느 봄에 우리는 하나가 됐습니다. 요즘 식으로 말하면 결혼한 셈이죠. 이새니아는 내게 많은 걸 가르쳐줬습니다. 당시에는 남자와 여자가 어떻게 다른지에 관해 호기심이 많았어요. 요즘은 호기심보다 경쟁과 평등이 주요 관심사인 것 같지만."

"네오, 이새니아가 가르쳐 준 게 어떤 것들이죠? 그때는 인터넷도, 책도, 과학 같은 것도 없었잖아요. 뭘 가르쳐 줬나요?"

"부드러움이라든지 다정함 같은 걸 가르쳐 줬죠. 당시에 우리는 먹으려고 토끼를 죽였습니다. 이새니아는 애완동물이라는 것이 얼마나 부드럽고 친근하게 느껴질 수 있는지 알려 줬어요. 사냥, 수확, 건축, 부족 관리를 제외하면 거의 모든 걸 가르쳐 줬습니다. 한번은 나더러 '내 업적을 놓고 무릎을 꿇으라'고 했어요. 그때 난 나무 막대에 이야기 새겨 넣기를 막 끝낸 상태였습니다. 지팡이처럼 생긴 막대기에 어떤 사건을 기록하기 위해서였죠. 아마 그때까지 내가 한 일 중에 최고였을 겁니다. 우리 아버지 작업과 비교하면 정교함이 하늘과 땅 차이였지만 그래도 난 뿌듯했어요. 이새니아는 내게서 막대기를 가져가더니 담요 같은 것 위에 얹어 놓고서 그 옆에 무릎을 꿇었어요. 그러더니 내게 손을 내밀어 나도 똑같이 하라고 했습니다. 우리는 함께 특별한 순간을 나누면서 그런 일을 할 수 있다는 데, 진정 좋은 작품을 만들 수 있다는 게 감사해했어요.

그 후로 우리는 일을 잘 해내거나 성과를 거두면 그 앞에 무릎을 꿇고는 했습니다. 그렇게 했더니 물건들을 존경하고 고마워하는 마음이 생기더군요. 처음으로 우리 능력을 바라보고, 그것을 개발하는 게 얼마나 중요한지 깨닫기 시작했죠. 그리고 그런 능력을 준 조상과 우주에 감사하기 시작했습니다. 지금까지 내가 계속 '우리'라는 표현을 쓰기는 했지만, 사실 그건 이새니아가 내게 알려 준 겁니다. 우리는 함께 우주를 연구했어요. 사실 드루, 종교라는 개념이 등장한 건 그 후로 수천 년이 지나고 나서였어요."

"그럼 그때는 종교가 없었어요? 나중에야 이집트인들이 만들어냈지만, 그 전에 '부족시대'에는 어땠나요?"

"없었다고 봐야겠죠. 그때 사람들은 좀 더 논리적이었습니다. 믿음이란 증명되거나 없어지거나 할 수 있는데, 그때 우리는 그걸 알았어요. 믿음이나 신앙이 증거로 소멸될 수 있다는 걸…."

"잠깐. 신앙이 증거로 소멸돼요?"

"어떤 것을 믿고 있는데 진실을 보게 된다면 그 믿음은 사라집니다. 내가 드루에게 '난 팟 하고 사라질 수 있어요'라고 하면서 날 믿으라고 한다면, 내 말이 참이라고 믿으라고 한다면, 그러고 나서 내가 실제로 사라져서 그 말을 증명한다면 '믿음'은 소멸되고 사실에 대한 '지식'이 남게 되죠."

"아, 그렇군요."

"그때 사람들은 뭔가 성취하려고, 세상에 더 좋은 것을 남기고 가려고 지구에 왔다는 걸 알고 있었습니다. 이걸 알려 주거나 혹은 오히려 혼란스럽게 하는 종교는 필요하지 않았죠. 드루, 사실 요즘 사람들의 가장 큰 오류 혹은 잘못된 생각은 인간이 반드시 추구하고 찾아야 할 대상을 신이 구체적으로 정해 두었다는 관념입니다. 각 종교 단체가 자기들 계획에 따르라고, 이런저런 목표를 따르라고 말합니다. 드루, 신은 신입니다. 신은 '이미 존재하는 자'('이미 존재하는 자'는 신의 이름입니다. 이에 대해서는 지금 논의하지 않을 거예요), 그러니까 인류 전체의 운명을 통제하는 존재입니다. 한 사람 한 사람을 개별적으로 따라다니면서 개인적으로 우리 길을 지시하는 게 아니에요. 특정 종교의 교리를 받아들인다고 해도 마찬가집니다. 신은 우리가 각자의 사명을 이행하고, 자신의 길을 따라가고, 업적을 쌓아 다음 세상에서 값진 존재가 되기를 바랍니다. 우리가 어떤 길을 택하든, 신은 받아들입니다. 업적만 쌓으세요. 인간이 선택한 목표, 길, 그게 바로 진정한 길입니다. 누구에게나 운명이 있지만 그 운명을 어떻게 하는가, 그것이 바로 미래를 결정하죠."

"네오, 누가 그 말을 믿겠어요. 세상 사람들은 다 자기 종교에 광적으로 빠져 있다고요."

"드루, 나라면 사람들에게 그 말을 하지 않을 겁니다. 자신의 사명과 종교를 따르기만 하면 사람들은 별 문제 없습니다. 자신이 받아들인 교리에 따라 심판을 받겠죠. 그리고 자신이 원하는 걸 얻고, 자신이 발견한 재능을 완성한다면 더 빠르게 성장하게 될 겁니다.”

“잠깐만요 네오. 자신이 받아들인 교리에 따라 심판 받는다는 게 무슨 말이죠?”

“말 그대로예요, 드루. 신의 심판은 인간이 스스로 기록하는 겁니다. 자신이 받아들여 기록한 걸 신은 그대로 적용하죠. 가톨릭 율법은 가톨릭 신자들을 심판할 테고, 유대 율법은 유대교 신자들을 심판할 겁니다. 다른 종교도 같아요. 각자 받아들이는 것, 그것이 심판의 날 신이 적용하는 법입니다. 생각 좀 해 봐요, 드루. 그게 아니라면 수천 수만 종교 가운데 오직 하나만이 ‘옳다’는 뜻이 됩니다. 그게 공정하다고 생각해요? 종교는 반드시 그 본질과 논리에 따라 모두가 옳거나 아니면 모두가 틀려야 해요. 몇 개만 옳다고 한다면 신은 아주 편파적이고 변덕스럽기까지 한 존재가 되어 버리고 말 겁니다. 그건 사실이 아니에요.”

“네오, 그런 말은 하면 안 됩니다. 사람들이 당신을 가만 놔두지 않을 거예요!”

“안 합니다, 드루. 드루도 하지 않는 편이 좋겠어요. 물론 드루는 드루니까 스스로 원하는 대로 하겠지만…. 하지만 자신의 의무를 찾아서 이행해야 해요 그것도 최대한 능력을 발휘해서. 드루가 배우고 완성해야 할 것은 바로 '의무'예요. 그런 뒤에 그 재능을 가지고 신에게 가는 겁니다. 광활한 고향으로 가져가세요. 그곳어는 드루가 필요합니다."

골자는 이것이다. 수천 년 전에도 사람들은 기본 '열쇠'를 따랐는데, 이 열쇠는 오늘날 사람들도 따를 필요가 있는 지침이다. 이 기본은 결코 바뀌지 않았고 앞으로도 사회적·영적 윤리 부분에서는 결코 변하지 않을 것이다. '선택'은 언제나 신성함으로 올라가는 계간 역할을 해 왔다. 신은 단지 인류를 안내할 수 있을 뿐이다. 앞서 언급했듯 우리는 우리가 심판 받을 규칙을 스스로 정한다. 그리고 살아 있는 동안 받아들이기로 선택한 구칙에 따라 책임을 지게 된다.

네 가지 열쇠

　　네오는 때때로 이 '열쇠' 저 '열쇠'라는
표현을 썼는데, 이해가 가지 않았던 나는 결국 무슨 뜻이
냐고 물어 보았다. 네오는 지구가 창조되기 전 인류에게
안배된 몇 가지 계획 가운데 한 가지가 바로 간단한 열쇠
(삶의 지침)들이었는데, 이것을 잘 따르면 자신이 진정으로
걸어야 할 길을 찾아내 따라갈 수 있다고 말했다.

　처음 이 말을 들었을 때 나는 몸이 굳어 버릴 정도로 놀
라서 거의 분노할 지경이었다. 내가 큰 소리로 물었다.

　"네오, 왜, 그렇게 중요한 계획이 인류를 위해 마련돼
있었다면 어째서 그게 바위에 기록돼 있거나, 역사책에 서
술돼 있거나, 철학자나 성현들 말씀에 적혀 있거나 하지
않은 거죠? 왜 '비밀스러운' 열쇠가 되어야 하는 거죠?"

　네오는 이제까지 여러 번 그랬듯 손을 들어 내 말을 막

으면서 말했다.

"천천히 좀 하세요, 드루! 내가 먼저 한 질문에 답하기도 전에 대여섯 개는 질문할 셈이군요. 하지만 처음 질문이 제일 중요합니다. 이 세상의 종교에 흡수된 열쇠는 네 가지가 있는데, 시간이 지나면서 거의 의미를 잃어버려서 그저 삶의 지침 정도가 돼 버렸습니다. 알게 되겠지만, 그 열쇠는 기독교 교리뿐 아니라 이슬람교, 힌두교, 불교, 유교에서도 쉽게 찾을 수 있어요. 인간이 만들거나 따른 모든 종교와 철학에 담겨 있죠. 하지만 세월이 흐르면서 그 단순성을 잃고 그에 따라 중요성도 퇴색했는데, 참으로 비극적인 일입니다.

또 한 가지, 이 열쇠들은 자신이 가려는 길을 발견하고 그 길에서 벗어나지 않도록 돕는 목적으로 쓰일 뿐입니다. 이 열쇠는 여러 종교에서 주장하는 '구원의 문으로 들어가는 열쇠'가 아니라 단지 발견하고 인도해 주는 열쇠라는 말이죠."

네오의 설명을 듣고 보니 그 열쇠라는 것이 일종의 슬로건 같다는 느낌이 들었다. 누군가가 '가능한 한 최고의 인간이 되도록' 도와주기 위한 도구라는 느낌. 네오의 설명이 깊이 들어가자 나는 네오가 그 문제에 시간을 오래 끌고 싶어 하지 않는다는 걸 느꼈다. 앞서 여러 번 언급했듯이 시간이 얼마 없으니 간단하게 개요만 이야기해 주고, 나머지는 그가 떠난 후 내가 찾아볼 수 있을 것이기 때문이었다. 하지만 나는 이것이 그냥 지나치기에 너무 중요하다고 여겼다.

네 가지 열쇠란 이렇다.

1. 날마다 뭔가 사라질 것을 하라.

2. 날마다 익명으로 뭔가를 하라.

3. 날마다 평생 지속될 만한 일을 하라.

4. 날마다 영원을 위한 일을 하라.

이것이 삶을 성공적으로 헤쳐 나가기 위한 네 가지 열쇠요, 올바른 길을 걸으면서 사명을 이행하기 위한 입장권이다. 내가 이해한 대로 설명해 보자면 다음과 같다.

날마다 뭔가 사라질 것을 하라. 나는 이 말이 잘 이해가 가지 않아서 네오에게 무슨 뜻이냐고 물어 보았다. 사라질 것을 하라는 말은, 뭔가 끝까지 유쾌하게 지켜볼 수 있는 일을 하라는 뜻이다. 어떤 것의 처음과 끝을 보는 일은 신들의 특권이다. 우리는 날마다 낮이, 밤이, 휴일이, 어떤 경험이 끝나는 것을 목격한다. 우리 인간은 즐거운 경험은 보존하고 되도록 길게 늘이려는 성향이 있다. 자연에서 발견할 수 있는 즐거움들은 보통 순간적이다—구름, 비, 햇살처럼. 다음 세상에서 우리가 원하는 존재가 되는 데 필요한 한 가지는 '보내 주는 법'을 배우는 것이다. 이렇게 마음을 비우는가 비우지 않는가에 따라 기쁨인가 즐거움인가가 결정된다. 즐거움은 순간적이지만 삶의 중요한 부분이기도 하다.

즐거움을 오용하면 자신의 사명에서 멀어지게 된다. 하지만 바로 그 짧은 즐거움 덕분에 기쁨을 어렴풋이나마 맛볼 수 있다. 기쁨은 우리가 배워야 할 더 높고 중요한 원리다. 그런데 즐거움을 악용하면 기쁨을 경험하는 데 장애가 된다. 사람은 기쁨의 진정한 법칙을 알고 발견하고 배우지 않으면 발전할 수 없다. 기쁨은 우주의 불이고, 즐거움은 그 불을 일으키는 불꽃이다. 하지만 불꽃이란 원래 잠시 나타났다가 사라지는 것임을 명심해야 한다. 살면서 경험한 좋은 일을 기억하고 나쁜 일을 어서 잊어버리려는 것은 인간 본연의 모습이다. 하지만 안타깝게도 좋은 일은 금세

빛이 바래는데 나쁜 일은 고통스레 가슴에 멍에가 되는 일이 많다. 신들의 세상에도 성공과 실패가 있다. 그렇다. 신들 역시 실패한다. 실망이라는 형태로. 어떻게? 신이 어떻게 실패할 수 있느냐고? 우리가 영광 속에서 신의 나라로 돌아가기를 신이 간절히 바란다는 점을 명심하자. 우리가 인간 세상에 있는 동안 훌륭하게 살고 뭔가 배우기를 바란다는 점을. 이런 점에서 실망은 실패와 마찬가지라 할 수 있다. 아이가 부모를 실망시킬 때 부모가 '내가 뭘 잘못한 걸까' 하고 자문하지 않던가. 우리는 신이 우리를 사랑한다는 사실을 안다. 잠시 생각해 보면, 앞서 말한 대로 자신이 선택한 믿음과 법칙에 따라 살아가지 않는다면, 영원히 길을 잃어 우리에게 생명을 준 신에게로 결코 돌아가지 못하고 말 것이다. 이것이 '아버지 신'에게 실망스러운 일이 아닐 것이라는 생각은 논리적으로 타당성이 없다.

신의 처지에서 보면 수억 명을 잃은 셈이다. 우리는 이런 상실을 배워야 하고, 그 시작이 바로 일시적이고 지속되지 않는 뭔가를 해 보는 일이다. 이를테면 사실은 건강해서 먹고살 만한 일을 할 수 있는데도 아무 일 하지 않으려는 거리의 부랑자에게 돈 몇 푼 쥐어 주는 일이라든지,

밀물이 밀려들면 스러져 버릴 줄 알면서도 바닷가에서 모래성을 만드는 일이라든지, 종이로 새를 만들어 바람에 날려 보낸다든지, 예술 작품을 만들어 서명하지 않은 채 누군가에게 줘버리는 일 등이다. 또한 인도식 모래 페인팅은 곧 사라질 예술품의 훌륭한 예다. 네오는 자기가 어렸을 적에 아버지가 길고 정교한 나무 막대기를 만든 뒤에 그것을 엄숙하게 불에 내던져서 재가 되어 하늘로 올라가게 한 다음, 작품이 하늘로 올라가는 모습을 지켜보시곤 했다고 말했다. (이 막대기는 부족 역사를 기록한 막대기가 아니라 마음 가는 대로 만든 작품이다.) 뭔가 진지하게 몰두할 일을 선택하고, 그런 뒤에 그것을 고의로 잃어버린다. 마음속에서는 '사라지는 게 아니야'라고 생각하면서. 후회하지 않고, 우주에 주는 선물로 보내 주는 것이다. 이런 선물은 신의 눈, 또는 역사의 눈으로 볼 때 결코 소멸하거나 낭비하는 것이 아니다.

대다수 사람에게 이것은 쉬운 일이 아닐 것이다. 자만과 허영과 자부심, 바로 이런 것 때문에 더 높은 차원의 법칙을 배우지 못하게 되는 경우가 많다. 기독교 역시 "하나님께 모든 영광을"이라고 하면서도 정작 그것이 진정으로 무슨 뜻인지는 제대로 이해하지 못한다. 그 문구는 신이 어떤 독선적인 확인 따위를 바란다는 뜻이 아니다. 여기서 영광은, 네오 설명에 따르면 '헌신'이다. 이것은 다른 이야기니 따로 다뤄야 할 문제겠지만.

두 번째 열쇠는 날마다 익명으로 뭔가 하라는 것이다. 이것은 대다수 종교에서도—비록 명쾌하게 설명되어 있지는 않더라도—자주 언급된다. 대중 심리학자들조차 익명의 봉사와 베푸는 것이 본질적으로 무엇인지 상당히 잘 이해한다.

인류가 받은 모든 축복에 가격표나 담당자 이름이 붙어 있다면 어떻게 될까? 우리가 사는 상품에 붙어 있는 '검사자 아무개'와 같은 표시처럼. 뭔가 얻고 싶다고 기도했는데, 그러고 나서 날아온 편지에 이렇게 적혀 있다면? "이 축복은 하늘나라에서 보내 준 것임. 보낸 자는 천사 아무개임. 이제 그대는 선행 여섯 번과 그대가 다니는 교회나 자선단체에 1만 원을 기부해야 함. 즉시 납부 바람." 신들의 차원에서 '인정받기'는 사소한 일로 취급된다. 인정받아야 한다는 관념조차 없다. 인정받는 과정은 이 세상에서 훈련을 거칠 때 필요한 것으로, 가장 기초적인 문

명사회에서 대중이 법률과 규범을 지키고 지도자에게 충성하게 만드는 도구로 쓰인다. 천사들 관점에서는 좋게 봐도 '유치한 것'이다.

누가 공을 받게 되는지 신경 쓰지 않고 타인을 위해 봉사하는 법을 배우는 것은 고차원적인 일이다. 사는 동안 이것을 완성하겠다는 마음가짐으로 일찍부터 훈련을 시작하는 것이 좋다.

네오가 여기서 언급한 내용이 사회생활에서 직업적으로 성공하려면 '인정'받아야 한다는 것과는 다르다는 점을 이해해야 한다. 가장 중요한 점은 말없이 봉사한다는 부분이다. 어떤 이가 세금 혜택을 받거나 남에게 인정받으려는 목적으로 10억 원을 기부한다 해도 그리 큰 보상을 받지는 못한다. 고요함 속에서 하는 봉사만이 크고 영원한 축복을 약속한다. 여기서도 즐거움과 기쁨이라는 요소가 개입한다. 공개적으로 기부하면 순간적인 즐거움을 얻는다. 고요하게 익명으로 세상에 이로움을 주면 영원한 기쁨을 얻는다.

세 번째 열쇠는 날마다 '적어도 평생' 지속될 만한 일을 하라는 것이다. 나는 이 표현이 마음에 든다. "살아 있는 동안 성을 지으라." 문자 그대로의 성이 아니라 비유적인 성을 지으라는 뜻이다. 뭔가 하라는 말이다. 죽을 때 허물어진다 해도 괜찮다. 그래도 이곳에 있는 동안 뭔가 하라! 질과 양과 노력에서 의미 있는 일을 하라. 인생의 대작을. 세상을 떠나갈 때 뭔가 의미 있는 것을 남겨라. 예술이든, 글이든, 만드는 것이든 좋다. 날마다 그대 왕국을 건설하는 데 힘써라.

이 시점에서 나는 네오에게 물었다. '내 개미 농장 같은 것 말인가요?" 네오는 눈썹을 치켜뜨더니 "아마도"라고 대답했다. 그저 취미일 뿐이라면 '아니다'이다. 그러나 점점 성장하는 하나의 실험실이라면, 배움과 놀라움의 장이라면 '그렇다'이다. 네오는 내가 관찰한 내용을 연구하고, 그에 관해 기록하느냐고 물었다. 내가 예술을 하려는 것인지?개미 농장을 토대로 예술적인 뭔가를 만들어내려고 하는지 물은 것이다. 내가 죽을 때 어두운 아파트에 남은 것이라고는 탁자 위에 놓인 개미 농장뿐이라면 삶을 낭비한 것이 되리라. 하지만 반대로 내 생각이나 과학적인 아이디어 따위를 잔뜩 기록해 남겨 둔다면 가치 있는 목표를 달성한 셈이 되리라. 혹은 방대한 양의 개미 스케치나 정묘

한 예술품 또는 조각 등이 될 수도 있을 것이다. 무엇이든 좋지만 그저 취미에서 그치지 않는 뭔가를 남겨라. 일생의 대작을 완성하려고 힘써라. 다른 사람이 어떻게 보든 오직 당신 눈에만 훌륭한 일이면 족하다. 하지만 반드시 해야 한다.

크기는 중요치 않다. 코바늘 뜨개질 하는 여성이나 돌로 성을 짓는 남자나 똑같다. 처음에는 자신이 '뭔가 영원히 사라지지 않을 것'을 만들고 있다고 여길지 모르지만 잊지 마라. 이것은 오직 살아 있는 동안만 지속될 것을 만드는 일이다. 이것을 의식하면 너무 강하게 집착한 나머지 다른 중대한 사명을 잊어버리는 일은 없을 것이다. '이렇게 하면 하루하루 진정으로 살아서 움직일 수 있으리라.' 세상은 실제로는 죽었지만 몸을 누이지는 않은 슬픈 영혼들로 가득하다. 이들은 성 만드는 법을 배운 적이 없기 때문에 뭔가 할 일이 없나 찾으며 인생이라는 여정을 걸어간다. 한마디로 성취와 업적에서 멀어져 버렸다. 살아가는 내내 '업적'이 무엇인지 결코 이해하지 못한다.

마지막으로, 날마다 영원히 지속될 일을 하라. 이렇게 하는 유일한 길은 타인의 삶을 완전히 바꾸어 놓는 일뿐이다. 그렇게 바꾸어 놓는다고 끝이 아니다. 그것은 시작일 뿐이다. 우리는 타인의 삶이 더 나아지도록 해 줘야 할 뿐 아니라 그 사람도 누군가를 위해 그렇게 하도록 가르쳐야 한다. 이렇게 반복될 때에만 영원히 이어질 수 있다. 이기 적인 사람을 가르쳐서 이타적이고 친절한 사람이 되게 해 주었다면, 그 사람에게 물고기를 잡아 준 것과 같다. 그런 데 그 사람이 또 다른 사람을 이타적이고 친절한 사람이 되게 해 주었다면, 처음 도와준 사람에게 물고기 잡는 법 을 가르쳐 준 것이라 할 수 있다. 바로 이때 비로소 이 성 스러운 임무가 끝나는 것이다. 더 나은 세상을 만든다는 끝없는 사명이.

네오는 이런 일을 계속 반복해서 하는 것이 인간으로서 세상에 베풀고 남길 수 있는 가장 큰 업적이라고 지적했 다. 네오는 내게 그 일을 해 주었다. 나는 그가 얼마나 훌 륭한지, 이런 훌륭한 일을 끝없이 하는 것이 얼마나 대단 한지 감탄했다. 얼마나 멋진 삶인가. 내 얼마나 그와 같이 되고, 그와 같은 일을 하며, 그와 같은 지식과 지혜가 있기 를 바랐는지.

사업 설명회

난 그냥 나일 뿐이지 신이 아니에요 당신도 신이 아니고요!

난 먹고살려고 날마다 일도 하고 매달 돈도 내고, 게다가 남의

아파트에 쳐들어가지도 않는다구요.

우리가 이야기한 주제들 가운데 무척이나 흥미로웠던 한 가지는 어떤 신의 '통치 영역'에서 새로운 행성이 어떤 식으로 자리 잡는지에 관한 내용이었다. 네오가 설명해 주는 동안 나는 마음속으로 한 1주일 전에 했던 일을 되짚어 보고 있었다. 우선 내 이야기부터 한 뒤에 네오가 한 말을 소개하여 당신이 나와 같은 결론을 끌어낼 수 있게 하련다.

네오를 만나기 얼마 전 나는 린다라는 친구에게서 전화를 받았다. 내가 린다를 알게 된 것은 린다가 근처 음식점에서 서빙 일을 하던 때였다. 린다는 자신의 일을 좋아하지 않아서 방문 판매 화장품 판매원이 되기로 했다. 린다가 서빙 일을 그만두고 난 뒤로 나는 1년간 린다를 보지 못했다.

내게 전화했을 때 린다는 앞서 말한 사업에 뛰어든 상태였다. 린다는 기뻐서 어쩔 줄 몰랐다. 목소리에서 웃음이 배어 나왔고, 얼마 후면 수백만 달러가 은행계좌로 들어올 터였다. 그렇게 맹목적으로 기뻐하는 모습을 보니 나도 기분이 좋았고, 린다가 꿈을 이루었으면 하고 바랐다.

린다는 나를 자기 회사 사업설명회에 초대했고, 당연히 나는 그에 응했다. 린다는 약속한 시간에 나를 데리러 와서 모임 장소로 향했다.

모임이 열리는 집에 도착하자 한 스물다섯에서 서른 명 정도 되는 사람이 들뜬 채로 현관 앞에 서 있었다. 사람이 계속 늘더니 결국 100여 명 정도가 안내를 받아 집으로 들어가 앉았다.

모임은 약 2시간 정도 지속되었는데, 한 재미있는 젊은 남자가 자신의 성공담과 함께 회사 상품과 서비스에 관해 이야기했다. 그러고는 어떻게 해야 돈을 버는지, 판매원이 되려면 비용이 얼마나 드는지도 언급했다.

남자가 말하는 동안 빽빽하게 들어찬 관객들은 마치 지옥과 정죄에 관해 불같은 연설을 토해내는 전도자에게 신도들이 반응하듯 열렬한 지지를 보냈다. "아멘" 대신 "맞

아요"와 "그렇죠"가 끊임없이 터져 나오며 이야기에 흥을
돋워 주었다.

자, 이 이야기가 네오가 한 말과 무슨 관련이 있을까?
나는 네오에게 별들의 시작과 수명과 소멸에 대해 물었다.
별이라고 해서 영원히 존재할 수는 없을 테고, 행성과 별
의 진화를 봐도 천체들 역시 시작과 끝이 있다고 여겼기
때문이다.

네오가 일반적인 '과정'을 설명해 주었는데, 그것이 내
느낌에는 내가 방문했던 사업설명회와 너무나도 흡사해서
이야기를 듣는 내내 낄낄거릴 정도였다. 네오는 어떤 존재
가 새로운 세계를 주재할 수준에 올라서게 되면 (이것이 여
러 세계를 다스리는 '완벽한 통치'의 초기 단계라고 한다) 사후 세
계에서 매우 의미 있는 사건으로 인식된다고 했다.

과정은 우주에서 어디에 별을 배치할 것인지 결정하는
데서 시작된다. 우주의 신이 명령하면 위원회가 소집된다.
위원회에서는 거주민을 어떻게 구성할지 계획을 짜고 어
떻게 사회 형태를 갖추며 발전할지 과정을 정한다.

우주에 존재하는 모든 인간은 지금 우리 눈에 보이는 형
태와 모습이다. '스타워즈'에 나오는 것처럼 서로 다른 모

습의 외계인들이 지구인과 교류한다는 관념은 사실과 다르다. (동물과 곤충 세계는 또 다르다.) 하지만 인류는 지상에 살기 이전부터 존재했다.

추천장을 보내면 방문객들이 새로운 행성에 찾아온다. 마치 전람회나 세계 전시회 같지만, 주최지는 컨벤션센터나 도시가 아니라 전 세계가 된다. 행사가 열리는 기간 중 많게는 100억의 생명이 신세계에 다녀간다. 네오는 자세한 이야기는 하지 않았지만 천사들이 별의 시작과 끝까지의 역사를 볼 수 있다고 했다.

나는 '끝'이 뭔지 물었다. 네오는 처음 계획에 따라 '끝'이 달라진다고 했다. 자유의지가 있는 존재들이 생겨나고 삶이 시작되면 그 세상이 어떻게 돌아갈지 장담할 수 없다. 새로운 세계를 만드는 목적이 '영혼 개발'이라는 점을 명심하자. 이런 세계들은 시간이 다 될 때까지 존재하고 나서 대단한 성공 사례가 되기도 한다. 이 세계들은 진화하여 더 높은 존재 차원에서 계속 이어진다. 구제불능의 실패작이 되어서 거주민과 함께 소멸해 버리는 사례도 있다. 아니면 저절로 파괴되는 일도 있다.

나는 세계가 어떻게 파괴되는지 물어 보지 않을 수 없었

다. 네오는 내가 개미 농장의 두 집단이 서로 다투면 개입
하지 않듯이, 신 역시 대개는 완벽히 자기 파괴적으로 돌
아가는 행성을 구하려고 개입하지는 않을 거라고 대답했
다. 하지만 때로는 행성 내부에서 파괴가 일어나면서 행성
이 사라지기도 하고, 다른 천체와 부딪혀 사라지기도 한다
고 했다. 모두 각 세상의 독특한 상황에 따라 달라진다고
도 했다.

세상이 파괴되는 사건은 아주 슬픈 일이자 새로운 행성
이 생겨날 때의 기쁨과 낙관적인 축하 잔치와는 상당히 대
비되는 일이다. 마치 제대로 풀리지 않은 결혼 생활처럼.
처음 결혼할 때는 즐거움과 희망과 흥분을 느낄 뿐 아니라
주변에서 조언과 지지도 많이 받는다. 하지만 결혼이 비극
으로 끝나게 되면 주위에 사람도 몇 명 남지 않고 그나마
도 지쳐 버린 두 사람을 지지해 주지 않는다. 마찬가지로
행성이 소멸할 때 이를 지켜보는 이도 매우 드물다. 지켜
봐서 좋을 일도 없고, 지켜봐야 할 이유도 없는 까닭이다.

내가 가장 궁금했던 부분은 세상이 생겨날 때 여는 잔치
였다. 잔치를 얼마나 오랫동안 여는 걸까? 누가 주최하
지? 잔치에 온 사람들은 어떻게 행동할까? 이동은 어떻게

하고? 네오는 이런 질문에 대답하면서 나더러 혼자만 알고 있는 편이 좋겠다고 말했다. 그렇지만 나는 현대인들이 아주 흥미로워할 만한 몇 가지를 언급하려 한다.

잔치의 주요 명사는 행성 만드는 이들과 행성을 주재할 신이다. 잔치에는 여러 존재들이 참석하여 선물도 주고 새로운 행성을 지지해 주기도 한다. 커다란 행사가 열리지만 논쟁 따위는 없다. 행성을 창조하고 아름답게 만드는 일을 맡은 영혼들은 행성을 유지할 과학 시스템을 개발하는 영혼들과 여러 가지를 공유한다. 그리고 앞으로 도입될 사회 체계를 만들어낼 존재들도 있다. (이 모든 것은 새 행성에서 살아갈 사람들이 새로운 사회 체계를 따르리라는 희망 속에서 진행된다.)

가장 흥미진진한 존재는 바로 식물과 동물 창조자들이다. 새로운 행성에서 살게 될 생명 중에는 다른 세상에 이미 존재하는 식물과 동물도 많지만, 완전히 새로운 동물이나 식물도 더러 있다. 이들은 모든 이에게 대단한 관심의 대상이다. 나는 지구에 처음 생긴 동물은 뭐였냐고 물었다. 네오는 웃음을 터뜨렸다. 그러고는 자신이 말하는 일의 규모가 어떤 것인지는 내가 이해할 수 있는 문제가 아니라고 (다시 한 번) 말했다. 다른 세상에서 온 식물과 동물도 수십 만 종에 이르렀고, 새로 탄생한 종도 수십 만 종에 이른단다.

하지만 네오는 나를 기쁘게 해 주려고 지구가 생길 때 처음 등장한 생물을 하나 말해 주었다. 그것은 고래류라고 불리는 포유류 동물이다. 이 동물은 지구와 함께 탄생했고, 그 후로 우주 여러 곳에서 아주 흔히 볼 수 있게 되었다고 한다. (네오는 대다수 행성이 지구처럼 물이 많지 않아서 그저 지상 동물이 살아갈 수 있는 정도만 있다는 얘기도 해 주었다.) 나는 웃으면서 해마가 너무 추하게 생겼기 때문에 다른 행성에서는 받아주지 않을 거니까 지구에만 있는 게 놀라운 일이 아니라고 말했다. (그러자 네오는 해마가 물개와 같은 기각류지 돌고래나 고래와 같은 고래류가 아니라고 지적해 주었다.)

나는 잔치가 어떻게 끝나는지, 뒤처리는 어떻게 되는지 물어 보았다. 네오는 실제로 행성의 수명이 시작되는 데는 시간이 걸린다고 말했다. 마침내 인류가 지구에 등장하게 됐을 때는 이전의 기억이 깨끗이 지워진 상태였다. 지구인으로 올 사람 가운데 다수가 지구 창조에 개입했던 존재였기 때문이다. 물론 창조에 참여하지 않았던 존재는 더욱 많다.

내가 이 부분과 관련해 질문하면서 제일 흥미로웠던 부분은 화성도 한때 생명이 살던 행성이라는 사실이었다. 화성은 723만 년이라는 수명을 모두 마치고서 생명이 소멸됐다. 당시에 지구에는 생명체가 없었다. 태양계에서 인류가 거주한 (혹은 거주하는) 행성은 화성과 지구뿐이다. 아아, 화성 이야기를 나눌 시간이 있었다면 얼마나 좋았을까! 과학자들은 내 말을 믿지 않겠지만 나도 들은 이야기일 뿐이다.

나는 화성의 기후가 어땠냐고 물었다. 네오는 이곳과는 달랐다고 대답했다. 지구는 산소와 질소가 가장 많지만, 꼭 그렇게 돼야 하는 것은 아니라고 했다. 예를 들어 신은 산소 없이도 산다. 심해 7000미터나 되는 깊은 곳에서 사는 유수동물과 비슷한 게 아닐까. 언젠가는 과학자들이 화성에 가서 이 모든 것을 증명하게 되리라고 확신한다. 내가 네오에게 화성에 가면 화석도 볼 수 있냐고 물었더니, 네오는 "당연하지요"라고 대답했다.

나는 너무 궁금해서 도저히 참지 못하고 화성이 어떻게 끝을 보게 됐는지 물었다. 네오는 작은 운석이 화성의 가

장 커다란 두 도시 중심에 떨어졌다고 했다. 이로써 재앙
이 일어나 생태계가 무너졌다. 가스, 용암, 대기 파괴와 더
불어 무시무시한 홍수가 생명을 앗아 버린 것이다. (거대한
홍수가 일어나 또 다른 주요한 도시가 파괴되었다고 한다.) 화성에
떨어진 운석은 지금 우리가 중성미자라고 알고 있는 것과
분자구조가 비슷한 것을 방출했다. 시간이 지나면서 이 방
사능 때문에 금속과 기타 화합물들이 유기체 상태와 비슷
하게 바뀌었다. 결국 대기도 얇아지며 사라졌고, 모든 것
이 먼지와 돌로 바뀌었다. 네오가 말하는 동안 사실 무슨
소리인지 제대로 이해하지 못했지만 이것이 내가 들은 내
용이다. 나는 중성미자가 뭔지 인터넷에서 검색해 보았다.
그것은 아주 작고 빠르게 움직이는 미립자로, 지구 사이를
마구 관통한다고 한다.

나는 화성이 다시 활용될 때가 오겠느냐고 물었다. 네오
는 "아마도요"라고 말했다. 그것은 미래에 누군가가 결정
해야 할 문제일 터. 그렇게 되기 전에는 재활용되기에 적
합하도록 쉬는 것이다.

대화가 끝나고 나자 오만 가지 의문이 떠올랐다. 사람들
이 사악했던 걸까? 얼마나 많은 이가 그곳을 거쳐 갔을

까? 그 사람들은 어떻게 생겼을까? 지구처럼 물이 많은 행성이었을까? 그런 것 같기는 한데. 사람들은 서로 잘 어울렸을까? 화성에 살던 주민이 이곳 지구에 살게 된 사례는 없을까? 화성이 끝난 이유는?

그리고 책장이 넘어가면

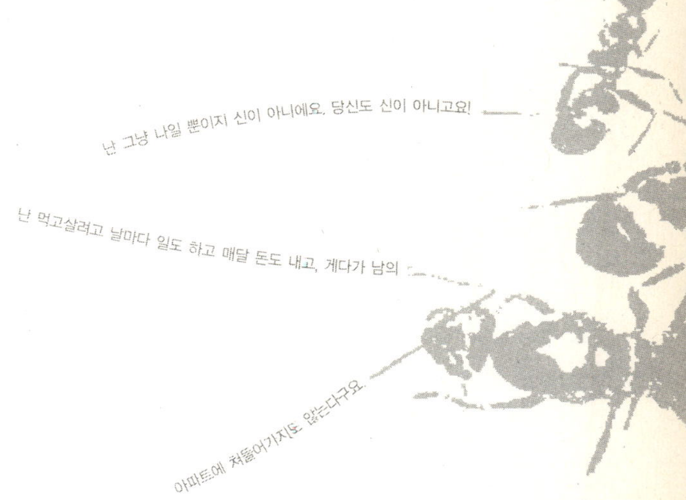

난 그냥 나일 뿐이지 신이 아니에요. 당신도 신이 아니고요!
난 먹고살려고 날마다 일도 하고 매달 돈도 내고, 게다가 남의
아파트에 쳐들어가지도 않는다구요.

　　어떤 사람이 나이 마흔이나 쉰이 됐는데 인생과 재능을 낭비해 버렸다면 이제부터라도 기술을 터득하라고 말하기는 쉽지 않을 것이다. 그 나이가 되도록 게으름 부리며 최선을 다해 살지 않느라 이제야 시작한다는 사실을 인정하고 나면 포기할 공산이 크기 때문이다. 그 사람은 이렇게 말할지도 모른다.

　"뭣 하러? 이제 와서 노력할 필요가 뭐가 있어? 어차피 너무 늦어 버려서 소용도 없을 텐데.'

　네오는 나더러 이것이 현명하지 않은 관점이라고 했다. 그러면서 계산을 좀 해 보라며 말했다.

　"사람이 자신의 사명을 받아들이면 바로 그 순간 그 사람의 세상이 바뀝니다. 단지 깨닫는 것만으로도 10억 명 가운데 하나가 되죠. 사후 세계에서 진보하게 될 극소수

중 하나가 되는 겁니다. 깨닫는 것만으로!

요즘에는 '다시 태어난다'는 식으로 이야기하는 종교를 받아들이는 사람이 많습니다. 자신이 죄라고 여기는 일을 저지르지 않으려고 머뭇거리는 수백만 사람들은, 죽고 나서 심판대 앞에서 최선을 다했노라고 말하면 '드디어 고된 노동에서 영원히 해방될 수 있다'고 가정합니다. 그저 예수의 발치에서 영원토록 그를 숭배하면서 아무것도 하지 않으며 지내게 될 거라고 말이죠. 세상에서 힘들게 살다 보면 이런 식으로 그저 자고 싶고 아무것도 하지 않고 편안하게 지내기를 바라거나 심지어 죽음을 반기기도 합니다. 하지만 이렇게 생각하면 더 이상 발전할 수 없죠. 40년간 일한 뒤에 은퇴하고 연금으로 먹고살며 죽을 때까지 TV나 볼 겁니다. 이것은 잘못된 생각입니다.

바로 이때, 자신에게 놀라운 미래가 펼쳐져 있다는 걸 깨닫고 그 사실을 받아들여야 합니다. 삶에서 얻은 재능이, 그것이 기계 기술이든 시시한 일이든 그 무엇이든 간에, 중요하다는 것을 깨우쳐야 하죠. 사람이 사회생활에서 하는 일은 단지 세상이나 직장 상사에게만 쓸모 있는 게 아닙니다. 그것은 각자의 미래에 아주 중요한 부분입니다.

거기서 멈추면 안 됩니다.

드루, 사람이 꾸준히 노력해서 재능을 얻었다면 그걸 써먹을 다른 일을 찾아야 합니다. 이곳을 떠날 때가 오면, '허송세월했지만 그래도 이제는 쉬고 싶다'고 말해서는 안 됩니다. 영원히 쉬는 그런 곳은 없어요. 휴식은 잠시뿐이지만 삶은 영원합니다. 휴식은 무가치하지만 노력은 우주가 돌아가는 원동력입니다. 휴식은 사명이 아니고, 자신의 재능이 휴식이라고 말할 수 있는 사람은 없어요. 그건 세상을 창조하고 운영하는 방식, 특히 영원한 세상을 다스리는 방식과는 한마디로 어울리지 않아요. 그리고 천사들은 결코 피곤해지지 않아요. 우린 쉬지 않습니다.

드루, 지금 우리가 이야기하는 내용들이 얼마나 커다란 일들인지 생각해 보세요. 별이나 행성은 천문학자들이나 이해하는 거대한 생명체입니다. 은하계는 그런 별들의 정원이라고 할 수 있죠. 인간들이 말하는 은하수는 지구를 통치하는 신이 밤하늘을 아름답게 하려고 만든 것입니다. 사후 세계에서는 마치 집 안의 가구를 재배치하듯이 별들을 움직입니다. 재능은 그것이 뭐가 됐든 필요한 것이에요. 사람은 누구든 필요한 존재입니다. 사명 역시 무엇이

됐든 가치 있죠. 인간이 걱정할 문제는 하나뿐이에요. '뭔가 성취했는가? 자신의 사명을 제대로 해냈는가? 얼마나 높은 차원으로 올라가고 싶은가?'

나는 내가 알 만한 사례를 들어달라고 말했다. 네오가 언급한 남자는 내가 이름을 들어 본 적 없는 오귀스틴 프레넬이라는 과학자로 19세기에 빛에 관해 연구하던 사람이었다. 네오는 나더러 프레넬의 삶과 연구에 관해 조사해 보라고 했지만, 나는 아직 제대로 조사해 보지 않았다. 프레넬은 등대에 사용되었고 지금도 사용되는 렌즈를 개발했다. 기술이 발달하면서 등대에는 커다란 수정 렌즈 대신 전기 광선이나 조사등을 사용하게 됐다. 지금 프레넬은 급한 일이 없으므로 쉬고 있다. 물론 지금도 빛을 연구하지만, 주로 별빛을 연구한다.

프레넬은 생전에 광선으로 집중될 수 있는 빛의 양이 얼마나 되는지에 따라 등급이 나눠지는 렌즈를 만들어냈다. 1등급 프레넬 렌즈는 오늘날 값을 매길 수 없을 만큼 귀하다. 이것을 만든 위대한 이가 바로 프레넬이다. 네오는 요즘 프레넬이 취미로 밤하늘을 아름답게 빛나게 하려고 별을 만든다고 했다. 이런 게 바로 휴식 아니겠나!

나와 네오는 이 지점에서 함께 웃음을 터뜨렸다. 내가 말했다.

"그러면 은하수를 올려다보면서 '흠…, 여기랑 여기에 별을 좀 더 만들어야겠는걸'이라고 생각해도 된다는 뜻이네요?"

네오는 웃음 지으며, 그렇게 해도 될 뿐 아니라 그렇게 한다면 내가 '통치영역이 어떻게 넓어지는지' 이해하기 시작한 거라고 말했다.

그건 그렇고, 심판에 관한 논의로 돌아가자. 이야기는 대부분 내가 배운 '심판의 날'에 관한 내용과 연결돼 있었다. 이야기 중 네오가 너무나도 충격적인 말을 해서 며칠 동안이나 곰곰 생각해 본 뒤에야 그 말이 옳았다는 것을 알게 된 것도 있었다. 그 이야기란 심판 날의 묘사에 관한 것이다. 나는 항상 커다란 심판대와 증인과 사람으로 가득 찬 법정을 상상했다. 법정에는 모두가 볼 수 있는 거대한 만화경과 커다란 책들이 있을 거라고 상상했지만, 그것은 그릇된 상상이었다.

실제로는 탁자에 앉으면 천사같은 이 한둘이 몇 가지 질문을 던진다. 질문은 몇 분이면 끝나고, 심지어 몇 초 만에 끝나기도 한다. 내가 뭘 물어 보냐고 묻자, 네오는 마치 내가 이것을 이미 알고 있어야 한다는 듯 놀란 표정을 지었다. 그야 당연히 자신의 사명이 무엇이었는지 묻는 것이다. 무엇을 했는지, 얼마나 잘 해냈는지, 자신의 재능을 얼마나 발휘했는지 등을 묻는다. 이 심판은 우리를 다음에 어디로 가게 할지 결정하는 것일 뿐이다. 사후 세계에서 어디로 가서 무엇을 하게 될지를. 그게 전부다. 얼마나 아름다운가. 기록을 간단히 살펴보면 사회적으로나 영적으로 어떻게 행동했는지 드러난다. 이곳에서는 논쟁도, 변호도 없다. 지상에서, 하늘에서, 그리고 잠재의식에서 했던 일들의 기록을 검토할 뿐이다. 네오는 인간 뇌의 기능 중 대부분이 살아 있는 동안에는 쓰지 못하도록 '잠겨' 있지만, 그래도 모두 사용되고는 있다고 했다. 그 중 큰 부분이 지상에서 우리가 하는 일을 저장하고 기록하는 일이다.

심판 받는 중에 설명하고 자시고 할 시간 따위는 없다. 그때까지 재능을 갈고닦았거나 그렇지 않았거나 둘 중 하나다. 순수한 열정에 따라 우리가 어디로 가고 무엇을 하게 될지 결정되는 것이다. 나는 학교 다닐 때 중학교 3학년 시절에 최선을 다하지 않았다는 게 떠올랐다. 당시 나는 고등학교에 들어가야 하는데 들어가기 전에 해야 할 일을 하지 않았다는 사실을 깨닫고 고통스러웠다. 나누기도 잘 못하고, 철자도 잘 몰랐으며, 명사와 동사가 어떻게 다른지도 몰랐다. 여름 내내 준비도 안 된 상태에서 고등학교에 들어가게 됐다는 사실에 힘들었다. 사실 유급 대상이라는 것을 알았다.

내게는 유급처리 되어 중3에 머물러야 하는 친구가 둘 있었다. 에디와 버논이라는 친구들이었다. 다른 친구들은 그 애들을 비웃었지만, 나는 에디와 버논이 나보다 낫다는 것을 알았다. 나중에 나는 선생님에게 왜 내가 그 애들보다 더 성적이 좋지 않은데 그 애들만 유급하게 됐는지 물었다. 선생님은 그 애들 부모님이 애들을 위해 그렇게 하기로 결정했기 때문이었다고 말해 주었다. 내 아버지는 학교 상담실 근처에도 와본 적이 없었고, 그래서였는지 모르겠지만 나는 고등학교에 갈 수 있다는 쪽으로 결론이 났다. 그래서 학교 측에서는 나를 고등학교로 보냈다. 그것은 내게 해로운 결정이었고, 나는 그때 잃어버린 시간을 되찾지 못했다.

우주의 법칙에는 이런 예외가 없다. 통과하거나 아니면

통과할 때까지 현 상태에 머물러야 한다. 우주 성장 과정은 매우 역동적이고 극적이어서 개별 지도 시간 따위는 없다. 지구처럼 준비 단계에 있는 영혼을 위한 행성만이 존재할 뿐.

네오는 심판이 성경에 나오듯 신속하고 결정적이라고 말했다. 책이 펼쳐지기는 하지만 그 책은 우리가 상상하는 것과는 다르다. 어떤 사람을 심판할 때 그 사람이 받아들였던 사상에 맞는 책이 펼쳐진다. 가톨릭 신자에게는 가톨릭 교리가 심판의 잣대다. 누군가 그리스도 재림파라면 그 파의 가르침을 얼마나 잘 따랐는지에 따라 심판 받는다. 침례교도는 침례교 교리에 따라, 힌두교도는 힌두교 교리에 따라, 영지주의는 영지주의 교리에 따라 심판 받는 식이다.

심판은 마음을 여는 것으로 시작된다. 기억을 덮고 있는 베일이 제거되면서 우리가 사용하지 않는다고 생각했던 두뇌의 90퍼센트가 재가동된다. 잠재의식은 우리 경험을 완벽하게 기록해 둔다. 누구도 속일 수 없다. 설명이나 해명도 필요 없다. 질의 과정에는 '나'와 탁자에 앉은 존재, 둘만 관여한다. 질의 과정은 신속하고 공정하다. 감정이나 동정심 따위는 배제된다. 우리는 질문을 받고, 그에 대답하고, 그런 뒤에 다음 갈 곳을 배정받는다. 그것으로 끝!

우리가 지구를 통치하는 신 앞에 앉게 될까? 다음 세상에서 친구와 가족으로 함께하게 될까? 이 모든 것이 각자 이곳에서 받아들이고 성실히 따른 원칙어 따라간다. 그러니 숭배하라! 믿으라! 당신의 예배당과 공동체에 봉사하고 도움을 주라. 어떤 종교를 믿든 당신에게는 그것이 참된 교리다. 당신은 그에 따라 심판 받을 것이다. 그에 따라 구원도 받고 다음 단계로 올라가기도 할 것이다. 한가로이 앉아서 아무것도 하지 않은 채, 죽고 나던 영원한 안식을 얻게 되리라고 여기지 마라. 그러면 시간만 늦춰지고 실망하게 될 뿐이다. 그것이 바로 지옥 아닌가.

나는 죽고 나면 아무것도 남지 않는다그 믿는 사람들이 어떻게 될지 궁금해졌다. 삶이 그냥 끝난다고 믿는 이들. 네오에게 물어 보지는 않았지만, 내 짐작에 그런 사람들은 죽었는데도 여전히 살아 있다는 걸 알고 나면 좋아 날뛸 것 같다. 그러지 않을 이유가 무엇이겠나. 나라면 그럴 것이다. 죽음 후에 더 이상 존재하지 않는다고 믿었다는 이유로 어떤 식으로든 심판을 받게 될까? 솔직히 나는 그럴

거라 생각하지 않는다. 그들을 괴롭혀 봐야 무슨 의미가
있나? 선하게 살았고 재능도 갈고닦았다면 지위를 얻게
되리라.

하루하루 충실하게

난 그냥 나일 뿐이지 신이 아니에요. 당신도 신이 아니고요!

난 먹고살려고 날마다 일도 하고 매달 돈도 내고, 게다가 남의

아파트에 쳐들어가지도 않는다구요.

내가 네오에게 했던 더욱 흥미진진한 질
문은—물어 볼 생각을 했다는 사실이 퍽 자랑스러울 정도
였다—하늘나라도 실수를 저지르는가 하는 것이었다. 완
전함이라는 개념이 내게는 끔찍스러울 만큼 지루하게 느
껴졌기 때문이다. 한두 개라도 실수한 예가 있다면 심판의
심각성도 조금은 가벼워질 것 같았다. 질문의 대답으로 네
오는 인류 역사에서 오래 전 잊혀진 두 마을에 얽힌 이야
기를 들려주었다. 한 마을은 신관의 안내를 받아 살아가는
사람들로 구성된 곳이었다. 그 마을 가까이에 있던 계곡에
또 다른 부족이 살았는데, 두 부족은 서로 우호적이었다.

신관이 살던 마을에서는 개개인과 마을 전체 모두 '오
늘'이 가장 중요하다는 지침을 받았다. '오늘'이 행복한
미래를 좌우하는 열쇠라는 것이었다. 현재 맞이하는 도전

들이 미래의 행복을 열어 주는 열쇠이자 지난날의 기억을 유쾌하게 만들어 주는 열쇠라는 것이다.

반면 계곡에 살던 마을에는 신관이 없었지만 사람들은 죽음 이후에 모든 영혼이 더없이 기쁘게 살아간다고 믿었다. '오늘' 무슨 일을 하든지 죽고 나면 쉬면서 유쾌하게 보낼 수 있다는 것이다. 사람들은 '오늘'에 초점을 맞추지 않으면서 부도덕한 행동을 정당화하고 멋진 내세를 기대했다. '오늘' 열심히 일하는 경우가 드물었기에 대부분 비참하고 불행하게 지냈다.

이야기가 끝나자 네오는 내가 성경에서 찾지 못한 예수에 관한 일화를 들려주었다. 네오는 어떤 정원에서 예수와 직접 이야기하게 됐는데, 그때 예수가 지구에서 있었던 일을 회상했다고 말했다. 예수의 메시지는 시간이 흐르면서 인간의 연약함 때문에 상당히 왜곡되었다. 예수가 지난날을 돌아보며, 좋은 메시지 몇 구절이라도 기록해 두었으면 좋았을 텐데, 하는 생각을 했다고 네오는 말했다. 네오는 그런 기록이 남아 있다면 인류에게 엄청나게 도움이 됐을 거라고 했다. 흥미로운 이야기였다.

그렇다면 예수가 실수를 저지른 것이라는 뜻일까? 그렇

지는 않다. 단지 과거 자신의 행위를 관찰했을 뿐이다. 노력의 결과는 우리의 내일을, 1주일 후를, 1년 후를, 영원을 결정한다.

나는 네오에게 어떻게 사람이 날마다 다시 시작할 수 있느냐고 물었다. 네오는 그것이 마치 '걷기'의 진정한 정의와 같다고 대답했다. 걷기란 한마디로 넘어지고 다시 일어서는 과정의 반복이다. 하지만 하루하루 충실히 살아가는 법을 배우는 일은 이 고된 세상에서 여행하는 동안 평온함을 유지하게 해 주는 비결이다.

네오는 나에게 내면으로 여행하는 법을 가르쳐 주었다. 명상은 아니고, 그저 눈을 크게 뜬 채로 내면을 바라보는 식이다. 네오는 나더러 베란다로 나가 보라고 했다. 그러고는 뭐가 보이는지 묘사해 보라고 했다. 나는 잔디, 소나무, 주차된 자동차들이 보인다고 했다. 다른 아파트와 고양이도 보인다고 했다.

네오는 내게 코로 숨을 들이쉬고 입으로 내뱉기를 스무 번 해 보라고 했다. 열 번 정도 하니 어지러워졌다. 네오는 나더러 가슴을 테라스 벽에 기대고 팔을 그 위에 얹어 놓으라고 했다. (벽은 높이가 약 1.2m 정도였다.) 계속 숨을 들이

쉬고 내쉬기를 스무 번 했더니 머리가 띵했다. 소위 말하는 '호흡 항진' 현상이 일어난 것이다.

네오는 내게 마음속으로 내가 갔던 곳이나 기억나는 곳으로 가 보라고 했다. 그러고는 내게 뭐가 보이는지 묘사해 보라고 했다. 그때 갑자기 주차장이 애리조나 산맥 틈에 있는 호수와 숲으로 바뀌었다. 짙은 초록 숲과 짙은 호수 물이 보였다. 나 어릴 적 우리 아버지와 형제들이 좋아하던 빗방울이 느껴졌다. 캠프파이어에 익어가는 베이컨과 솔방울 냄새가 났다. 나는 그곳에 가 있었다.

순간 장면이 바뀌더니 예전에 멕시코 산 카를로스에 보관해 두었던 내 낡은 보트의 승강구가 보였다. 이른 아침이어서 멕시코 낚시꾼들이 낚싯배를 준비하고 있었다. 배의 모터에서 기름과 배기가스 냄새가 났고, 낚시꾼들 떠드는 소리가 들렸다. 갈매기들이 서로 꺼억꺼억 우는 소리가 들려왔다. 낡은 배에 칠해진 오래된 페인트 겹들이 보였다. 배들이 나갈 때마다 흔들리는 게 느껴졌다. 나는 그곳에 가 있었다.

또 다른 장면에서 나는 요세미티 국립공원의 장엄한 산맥을 운전했다. 수목한계선 너머 높이까지 올라가 지구상

에서 최고로 높은 곳에서 밝은 파란 하늘을 만났다. 태양
은 눈부셨고 공기는 수정처럼 투명했다. 그러고는 하와이
에서 쌍동선에 올라 뱃머리에서 뛰어노는 돌고래와 멀리
에서 뛰어오르는 스피너 돌고래를 보았다. 그렇게 계속해
서 완벽한 영상과 색감으로 그 어떤 기억보다 선명하게 떠
오르는 다른 여러 곳을 찾아갔다.

나는 네오가 그렇게 되도록 만든 것이냐고 물어 보았다.
네오는 자기가 한 일이 아니라고 했다. 언제인지 모르지만
나는 이렇게 하는 법을 배웠는지도 모른다. 네오는 잠재의
식이 삶을 모조리 저장하고 기록한다는 것을, 그 어떤 것
도 사라지지 않는다는 점을 다시 환기시켜 주었다. 모든
생각, 지나치는 몸짓이나, 흘려듣거나 성각 없이 던진 말
까지도. 우리가 본 일출과 일몰도 모두! 완벽한 상태로. 이
황홀한 아름다움을 언제 어디서라도 볼 수 있다니. 그때
나는 태어나 처음으로 눈먼 사람들만의 비밀을 이해할 수
있었다. 그들은 비록 시력을 잃었지만 내가 방금 본 것 같
은 놀라운 영상을 자주 선물로 받았던 것이다.

좁은 뒤뜰에서 벽에 기댄 채, 나는 처음 경험했던 날과
거의 같은 완벽한 기억 속의 장소들을 찾아갔다. 이 경험

에 귀한 시간을 너무 많이 써 버린 것은 아닌지 덜컥 겁이
나서 얼른 집으로 들어갔다. 사실 내가 바깥에 있었던 시
간은 몇 분밖에 되지 않았다. 감정의 물결에 압도된 채, 마
음속 깊은 곳에 고이 간직해 둔 수없이 많은 추억들에서
얼마나 많은 것을 얻을 수 있는지 느꼈다. 추억을 다시 끄
집어내 옛날로 돌아가려면 그저 시간을 내 곰곰 생각해 보
고, 우리의 경이로운 마음이 그 능력을 발휘하도록 하기만
하면 된다.

그렇다면 전쟁은?

난 그냥 나일 뿐이지 신이 아니에요. 당신도 신이 아니고요!

난 먹고살려고 날마다 일도 하고 매달 돈도 내고, 게다가 남의

아파트에 쳐들어가지도 않는다구요.

교회 성경학교에서 들었던 모호한 대답
들에 늘 의문이 남았지만, 그 중에서도 유달리 궁금했던
부분이 있다. "그렇다면 전쟁은?"이라는 의문. 성경에는
두 가지 흥미로운 내용이 담겨 있다. '마침내 전쟁이 끝난
다'는 구절과 '지상 세계가 있기 전에 하늘나라에서도 전
쟁이 있었다'는 구절.

시간이 지나면서 나는 이 조그맣고 극히 사소한 행성인
지구가 모든 전쟁이 끝나는 장소가 된다는 부분에 의문을
품게 됐다. 정말 어처구니없는 소리로 느껴졌기 때문이다.
인류는 고작 몇 십 년 전에 보이저 호를 우주에 보냈고, 첫
번째 무인탐사선이 수백만 킬로미터 떨어져 있는 별에 도
달하려면 시속 8000킬로미터가 넘는 속도로 날아도 4만
년이 지나야 한다. 4만 년! 우주는 거대하다. 생명체가 우

리뿐일 리가 없다. 나는 늘 이렇게 생각했기에 어떻게 이 작은 지구에서 전쟁이 모두 멈춘다는 말인지 이해할 수 없었다. 말도 안 된다고 생각했다.

이 의문의 답이 뭔지 이야기하면 반발이 만만치 않을 게 틀림없다. 나는 단순 논리와 추론으로 어느 정도는 답을 알고 있었지만, 이제 확실히 할 기회가 온 셈이었다.

"네오, 전쟁은 어떻게 되나요?"

네오는 내 질문이 나 말고는 누구라도 생각할 만한 진부한 이야기라는 듯한 태도로 대답했다.

"엄청나게 많이 일어나죠. 전쟁은 영원합니다. 과거에도 존재했고, 앞으로도 있을 겁니다. '선택 가능성'을 주고서 전쟁이 나지 않게 할 수는 없어요. 사후 세계는 두 가지 심오한 진실로 채워져 있습니다. 하나는 선이고 하나는 악이죠. 이런 현상은 바꿀 수도 없을 뿐더러 한편으로는 아주 혼란스러울 수도 있어요. 사람들은 보통 이런 사실을 직면하기보다 외면하려고 하죠. 스테이크는 먹으면서 동물이 어떻게 죽는지는 알려고 하지 않아요. 계란을 먹으면서도 그것이 부화하지 못한 병아리라고는 생각지 않습니다. 누군가에게 선한 것이 다른 사람에게는 악으로 여겨집니다.

사자는 가젤을 죽이지만, 악의가 있어서 그런 걸까요? 인간은 소고기로 만든 햄버거를 먹지만, 코끼리나 고양이나 개 고기로 만든 햄버거는 생각하지 않겠조? 굶어죽지 않는 한 그럴 겁니다. 게다가 동물을 제물로 바치는 것은 성스러운 의식으로 여깁니다. 이것이 악한 걸까요? 물론 아닙니다. 그렇다면 아프리카에 있는 어떤 부족이 드루를 붙잡아 죽인 뒤 잡아먹는다면 악한 걸까요? 알 수 없죠.

진정한 전쟁과 진정한 평화는 오직 진정한 선과 진정한 악에 근거합니다. 이런 점은 인류가 이해하기에 아직 어려운 부분입니다. 진정한 선과 악은 진정한 사랑과 진정한 증오에 연관되어 있습니다. 사랑도 인류데게는 아직 혼란스러운 문제예요. 남자나 여자가 배우자를 사랑하면서도 다른 사람과 또 사랑에 빠져서 관계가 께질 때가 많습니다. 한 사람에게는 가슴이 무너지는 일이지만 다른 사람에게는 축복이겠죠. 한 사람은 망가지지만 다른 사람은 "그렇게 될 운명이었어"라고 합니다. 사랑은 증오로 이어지고, 증오는 복수나 살인으로 이어집니다. 살인은 악이죠. 누가 선한 쪽이고 누가 악한 쪽인가요? 지금 인류가 처해 있는 수준은 바로 이 정도입니다.

개미들을 봐요, 드루."

나는 개미 농장을 바라보았다.

"한 마리를 집어 드세요."

나는 싫다고 하고 싶었다. 개미들이 깨물면 엄청 아프니까. 하지만 뭔가 중요한 일이라는 생각에 네오가 하라는 대로 했다. 나는 흙 속으로 손가락을 집어넣었다. 잠시 후 개미 한 마리가 가까이 오더니 더듬이로 내 손가락을 조사했다. 그러고는 손톱 위로 올라와 탐험을 시작했다.

"뭉개 버리세요."

충격이었다. 어딘가 이상하다는 느낌이 들었다. 온갖 생각이 떠올랐다. 전에는 개미를 수도 없이 죽이면서 아무 생각도 하지 않았다. 개미 한 마리가 농장에서 도망쳐서 내게 기어오면 철썩 때려 죽였다. 어릴 적에 돋보기를 발견했을 때 처음으로 한 짓이 공터에 달려가 개미들끼리 싸움을 붙인 것이었다. 그까짓 건 별 일도 아니었다. 수천 마리는 죽였으니까. 뜰에 있는 개미들에게 약을 뿌릴 때도 얼마나 많이 죽어나갔겠는가. 하지만 이것은 상황이 달랐다. 완전히 다른 일이었다. 내가 곰곰 생각하는 동안 네오는 조용히 지켜보고 있었다. 나는 네오의 말을 거부하고 개미를 농장에 다시 집어넣거나, 아니면 그냥 싫다고 하거나, 그것도 아니면 죽이거나 할 수 있을 것이었다. 나는 개미 신이었지만 더 큰 개미 신인 네오의 명령을, 목숨을 앗으라는 명령을 들었다.

 죽이면 그건 악한 일일까? 아니면 천사가 시킨 일이니 선한 일일까? 생각이 빠르게 일어나면서 질문을 던진 게 후회되었다. 신이 성경에 등장하는 사람들을 파멸로 이끌 때 그것은 의로운 일인가? 신이 하는 일이니 무조건 선한가? 다윗이 골리앗을 죽인 것은 선한 일이었나? 요즘 사람은 너나 할 것 없이 그것이 좋은 일이었다고 믿는다. 하지만 골리앗의 아내나 자식은 어떻게 생각했을지 의심스럽다. 그들도 좋은 사람이었고 자신이 하는 일이 옳다고 믿었을지 모르지 않나? 다윗 왕이 그의 연인 밧세바의 남편 우리아를 죽이게 한 일은 의로운 목적을 위한 사악한 행동이었나, 아니면 의로운 목적을 위한 선한 행동이었나? 맹목적으로 "당연히 양쪽 다 선한 거지"라고 말하기는 아주 쉽다. 하지만 내 마음에는 다른 생각들이 유령처럼 따라다니며 개미를 죽이라는 명령에, 전쟁이 일어나게 하라는 명령에 멍하게 서 있던 나를 괴롭혔다.

그때였다. 갑자기 개미가 나를 깨물었다. 나는 개미를 순식간에 완벽하게 그리고 후회 없이 죽였다. 내가 개미를 죽이기 전에 마음속에 일어나던 생각과 의문들을 네오가 알았는지 어떤지는 나도 모른다. 난 그저 엄지와 검지를 움직여 그 생명을 앗았을 뿐. 조금만 일찍 개미를 죽였더라면 물려서 아프지 않아도 됐을 터다. 명령에 불복종해서 벌을 받은 거였을까? 즉시 죽이라는 네오의 말대로 했다면 상을 받았을까?

네오가 여러 차례 말했듯이 한 가지 대답이 수천 가지 의문으로 이어졌다. 나는 고개를 들어 네오를 보았다. 네오는 환한 웃음으로 나를 보며 자신이 내게 또 다른 통찰의 순간을 선사했다고 말했다.

내가 말했다.

"알겠어요. 하늘나라에도 전쟁이 있다는 걸…. 지금도."

네오가 부드러운 목소리로 대답했다.

"전쟁은 계속 있을 겁니다."

그러고는 유쾌하고 독특한 유머를 곁들이며 말을 이었다.

"전쟁이 없다면 천사장 미카엘은 뭘 하겠어요?"

자유의지가 있는 한 전쟁은 계속될 것이다. 이 점은 이미 논의했지만, 같이 이야기할 시간이 짧았는데도 곰곰 생각해 볼 시간만 있다면 혼자서 결론에 이를 수 있을 만한 주제가 자꾸 중복되었다.

이제는 설명해 달라고 하지 말고 질문만 하라는 네오의 말이 무슨 뜻인지 이해가 갔다. 시작점만 제대로 잡으면 혼자서 결론에 이를 시간은 있었으니. 하지만 설명을 듣고 싶은 강렬한 욕망 때문에 네오와 함께할 시간을 상당히 써버렸고, 때문에 수많은 의문이 그대로 남고 말았다.

그 후로 나는 인생·사랑·전쟁·증오·평화에 대해 심오한 진리를 깨우쳤다. 그 진리란 보편적인 옳고 그름을 말하는 게 아니다. 그것은 사람들 각자의 관점에 관한 내용이다. 마치 주식시장에서 거래되는 주식들처럼. 누군가 주식을 살 때는 시장이 좋아진다는 전망에 따라 사는 게 보통이다. 이런 낙관적인 관점은 보통 시장이 나빠질 거라고 전망하는, 파는 사람의 관점과는 반대가 된다.

마찬가지로 한 종교는 그 종교와 정면으로 대치하는 다른 종교의 관점을 반박한다. 이런 상황은 각각의 인생에서, 또 날마다 일어나는 사소한 전쟁들에서도 마찬가지다.

하지만 우리는 이 전쟁들을 감추고 자신의 행동을 정당화
해서 자신의 관점이 옳거나 더 나은 길인 듯 군다.

우리는 햄버거를 먹으면서 그 원료가 되는 동물이 잔인
하게 학살되는 것은 생각하지 않는다. 나는 어릴 적에 집
에서 키우던 돼지, '코치'가 생각났다. 코치가 다 자랐을
때, 우리는 녀석을 도살장에 보냈다. 분명 이것은 코치 처
지에서는 감금이자 살해였다. 전쟁이었다. 하지만 내게는
돼지고기였다. 가정주부에게는 맛이 나쁜 돼지고기일지도
모르고, 아이들에게는 기르던 애완동물을 아빠가 죽여서
식탁에 올렸다는 이유로 피하고 싶은 대상일지도 모른다.

서로 옳다는 작은 전쟁들, 사랑, 실망, 이기고 지는 것;
이것들은 결코 끝나지 않고 앞으로도 그럴 것이다. 이런
좌절을 상쇄할 수 있는 것은 뭘까? 지혜, 지식, 지능; 리더
십의 세 기둥이다.

내가 이 정보를 파헤치면서 느낀 것과 배운 것은 사후
세계가 영원히 구름 위에 앉아 하는 일 없이 두둥실 떠다
니는 곳이 아니라는 점이다. 나는 이런 생각을 철저히 지
워 없앴다. 후회 없이! 나는 삶이 영원한 모험이라는 점,
우리가 진보와 발전의 최전선에서 삶과 삶의 흥분을 경험

할 수 있다는 점을 깨달았다. 아니면 뛰어난 성취가들의 그늘에 가린 채 영원히 어둠 속에서 보내든지.

우리는 바른 것을 위해 일하고, 의와 평화와 선을 위해 의로운 싸움에 동참할 수도 있고, 반대로 어둠과 비참과 침체를 선택할 수도 있다. 지금 더 나아지는 쪽을 택할 수도 있고, 반대로 앞으로 나아가 두각을 나타낼 기회를 내던질 수도 있다. 나는 내가 알기는 하지만 진실로 깨닫지 못했던 것을 천사에게서 배웠다. 모두 다 선택이라는 것을.

어쩌면 내가 배운 가장 중요한 교훈은 하루도, 한시도, 순간조차도 낭비해서는 안 된다는 점이리라. 일단 지나가면 누구도 되돌릴 수 없으니. 하지만 이 깨우침은 또 다른 질문으로 이어졌다.

개미농장에서 벌어진 일

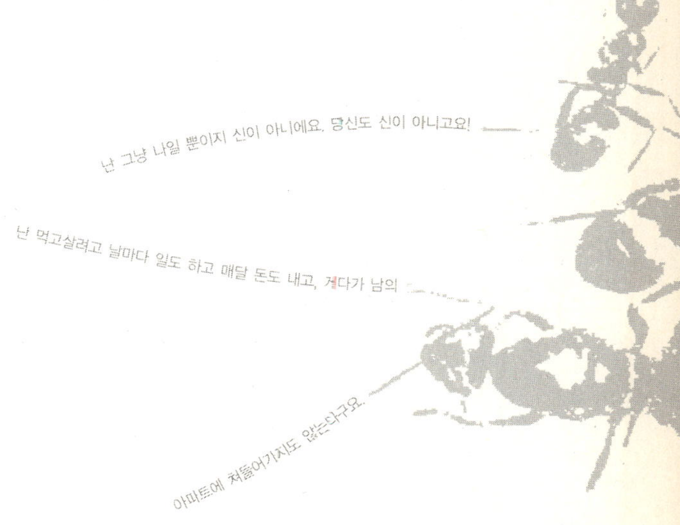

"신조차도 배고픈 자에게는 나타나지 않을 것이다. 빵 모양으로 나타

나지 않는 한."

_ 마하트마 간디

언젠가 〈콘택트Contact〉라는 영화를 본 적

이 있다. 그때 나는 외계인과 만난다는 건 어떨까 하는 생

각을 했다. 다른 사람들도 마찬가지였겠지.

네오는 이렇게 말했다.

"개미 농장을 봐요, 드루. 이제 그대는 신이 뭘 바라는

지, 신이 우리에게 뭘 해 주고 싶어 하는지 분명히 이해해

야 해요. 개미 농장을 봐요."

네오는 강하게 강조하듯 권위적으로 말했다. 그래서 난

개미 농장을 보았다. 바깥에 나와 있는 개미는 없었다. 모

두 집으로 들어가 버리고 없었다.

"개미의 신으로서, 드루 그대는 뭘 하지 않겠어요? 내게 대답하지 말고, 개미를 보면서 생각해 봐요. 뭘 하지 않겠어요? 그대는 무엇이든 할 수 있어요. 개미 세상의 관리자로서, 그 본분에 따라서. 자, 자세히 봐요!"

또 한 가지 기적이 일어났다. 개미 농장을 바라보고 있는데 불가사의한 현상이 일어나기 시작했다. 개미 한 마리, 아주 작은 녀석이 흙 속에서 나왔다. 조그마한 생명체 하나. 그것이 곧바로 유리상자 쪽으로 갔는데, 다른 개미들처럼 탐구하듯 지그재그로 움직이지 않고 곧장 개미 농장 제일 윗부분으로 올라갔다. 그러더니 개미 한 마리가 지나갈 만한 크기의 자그마한 공기구멍으로 곧장 움직였다. 거기에 구멍이 있다는 사실을 알았던 것이다. 그런 후, 농장 끝부분 그러니까 내게 가까운 쪽으로 오더니 멈추었다.

네오는 아무 말도 하지 않았다. 나는 뛰듯 일어나 책상으로 달려가 개미 관찰에 쓰는 돋보기를 찾았다. 그러고는 서둘러 개미가 아직 그곳에 있는지 확인했다. 개미는 뒷다리에 의지해 몸을 일으킨 뒤 앞다리 두 개를 내밀었다. 그

후 죽은 듯 움직임을 멈췄다.

나는 개미가 죽지 않았는데도 가만히 있는 것을 본 적이 없다. 하지만 이 개미는 가만히 있었다. 방에는 아무 소리도 들리지 않았다. 나는 놀라워하며 개미를 응시했다. 네오가 한 일일까? 개미가 천사의 뭔가에 반응하고 있는 것이었을까? 아니면 그건 계시였을까? 무슨 일이 일어난 걸까?

네오가 부드럽게 말했다.

"개미 신님, 저 개미는 뭘 원할까요? 기도에 응답해 줘야죠."

난 그저 응시하고만 있었다. 어떻게 해야 응답하는 걸까? 어떻게 해야 하지? 집어 올려? 너가 만져 주길 바라나? 농장 안에 갇혀 있는 게 지겨워서 나가고 싶은 걸까? 뭐지? 개미 신이면서도 어떻게 해야 할지 모르다니!

"네오, 어찌해야 좋을지 모르겠어요."

"더 깊이 봐요, 드루. 단순하게요. 생명체들은 보통 대단한 걸 바라지 않아요. 그저 현재보다 더 나아지고 싶어 하는 정도죠. 개미는 안전, 공동체, 생존 외에는 별로 원하는 게 없습니다. 더 깊이 봐요, 드루."

나는 자그마한 생명체를 응시했다. 날 볼 수 있을까? 아닐 것이다. 곤충들 눈은 멀리 보지 못하니까. 그런데도 녀석은 거기서 뭔가 기다리고 있었다.

나는 네오가 내게 뭘 가르쳐 주려고 하는지 생각했다. 네오는 가르치느라 시간 낭비하지 않겠다고 주의를 줬지만 이 경우는 달랐다. 이 2~3분이 내게 강렬한 영향을 미칠지도 몰랐기에.

개미는 여전히 꼼짝도 하지 않았다.

"이제 곧 돌아갈 겁니다, 드루. 구멍을 통과해 집으로 들어갈 테죠."

네오 말이 맞았다. 그러면 위대한 개미 신인 내가 개미의 기도에 응답하지 않은 것이 되겠지. 어찌해야 하지? 녀석이 필요한 건, 원하는 건 뭐지? 네오의 말이 마음속에서 메아리쳤다. '안전, 공동체, 생존.'

나는 일어나 넘어질 정도로 재빨리 움직여 부엌으로 달려갔다. 빵 한 조각을 집어 들고 돌아왔다. 서둘러 빵 조각을 떼어낸 뒤 남은 빵을 농장 옆에 있는 탁자에 털썩 내려놓았다. 손가락으로 빵을 부스러기로 만들면서 개미 농장 구멍에 딱 맞을 만한 크기가 되게 했다. 그런 뒤 연필 끝

부분에 침을 묻힌 뒤에 그 끝으로 빵 부스러기를 가져다가 천천히 개미에게 내밀었다.

개미는 빵 부스러기를 잡더니 곧장 농장으로, 그러고는 집으로 들어갔다. 나는 만세를 외쳤다. 눈물이 났다. 기쁨에 사로잡혔다. 믿을 수 없는 일이 일어난 것이다. 말도 안 되는 소리처럼 들리겠지만, 내가 어떤 기분이었는지 상상할 수 없을 것이다.

"네오, 지금 봤어요? 와, 당신이 그런 거죠? 당신이라면 지금 이게 어떻게 된 상황인지 알겠지만, 여하튼 난 정말 믿기지 않아요. 내 말 알겠어요?"

네오는 웃고 있었다. 아니, 환하게 빛을 발하는 듯했다.

"드루, 좀 더 깊이 봐요."

"뭐라고요?"

더 깊이 보라니, 무슨 소리람? 대단한 일 아닌가? 내가 개미와 소통했다고! 그래, 마치 과학자처럼. 이렇게 대단한 일이 일어났는데, '더 깊이 봐요'라고?

"어떻게 보라는 거죠? 내가 뭘 놓친 건가요? 좀 도와줘요. 시간도 없는데 도와주지 않으면 안 된다고요, 네오."

네오는 내 쪽으로 두 걸음 다가오더니 부드럽지만 강한

어조로 말했다.

"그거예요! 그게 내가 원하는 겁니다. 이 의문들에 잘 귀 기울이세요. 내가 가고 나면 스스로 반복해서 답을 찾아보세요. 개미가 원한 건 뭐였나요? 그걸 얻으려고 어떻게 했나요? 얼마나 오래 기다렸죠? 드루가 응답했을 때, 개미는 어떻게 했나요? 드루는 어떤 기분이었고요? 이 작은 연극에서 둘은 어떤 역할을 맡은 거였나요?"

네오는 개미 농장 옆에 앉더니 농장을 응시했다. 아주 낮고 부드러우며 애원하는 듯한 목소리로 말했다. 네오가 웃음이나 슬픔이 아닌 다른 감정을 완연히 드러낸 것은 이번이 처음이었다. 네오의 목소리에서 감정이 진동하듯 흘러나왔다.

"그대는 개미 신이에요, 드루. 개미의 소망에 응답해 줬습니다. 그 개미가 다시 돌아온다면 어떻게 할 건가요?"

"오, 하느님. 네오, 제발 좀 다시 와 주면 좋겠어요! 날마다 온다면 계속 빵을 줄 거예요. 멋지지 않아요? 다시 오면 좋겠네요. 계속 오면 좋겠어요."

"그렇다면, 드루. 개미가 친구를 데리고 오면 어떨까요?"

"다른 개미를 설득해서 오게 할 수 있다면 그러라고 하죠! 몽땅 다 오라고 해요. 하지만 개미에게 그 정도의 지능이 있다고 보나요? 개미가 그 정도로 의사소통이 될까요? 난 못할 것 같은데."

"글쎄요. 개미 신님, 그건 직접 알아보면 될 겁니다. 하지만 어떻게 되든지 그대는 여기서 빵을 줄 테죠? 개미가 원하는 게 뭔지 알기만 하면 뭐든 주려고 하겠죠?"

"하다마다요. 해야죠. 아까 그 기분이 긷기지 않을 정도라니까요. 어처구니없는 듯하면서도 아주 심오한 것 같아요. 개미가 뭔가 원해서 보금자리를 떠나 농장의 끝 부분까지 곧장 와서 얻게 되기를 기다리다니. 어쩌면 기도하고 있었던 건지도 모르죠. 여하간 개미가 뭔가를 원했고 난 녀석에게 그걸 줬다고요. 정말 놀라워요. 신이 우리 기도를 들어줄 때 느낌이 이럴까요?"

내가 네오를 바라볼 때 네오는 창밖을 내다보고 있었다. 그저 웃으면서 바깥을 응시하고 있었다.

마지막 장

난 그냥 나일 뿐이지 신이 아니에요. 당신도 신이 아니고요!

난 먹고살려고 날마다 일도 하고 매달 돈도 내고, 게다가 남의

아파트에 쳐들어가지도 않는다구요.

　　마지막으로 시계를 보았다. 함께할 시간은 곧 끝날 터. 나는 태어나 처음으로 천상의 존재와 헤어진다는 아픔을 느끼기 시작했다. 새로운 느낌, 전에는 경험해 보지 못한 떨림이었다. 이상한 일이지만 그때는 세상이 끝난다 해도 뭐 어떠랴 싶었다. 나는 이 '존재'가 떠나지 않기를 바랐다. 그를 사랑했기에 그가 곁에 있어 주기를 바랐다. 내 감정을 어떻게 설명해야 좋을지 모르겠다. 그것은 내가 경험한 그 어떤 세속적인 것과도 다른 사랑이었다. 깊고 심오하며, 진실하고 영원한 사랑.

"네오…."

　　네오는 손을 들어 보이며, 이제껏 여러 차례 그랬듯 내가 던져서는 안 되는 질문을 하지 못하게 가로막았다. 이번에는 아무 말도 하지 않고 그저 내 감정을 안다는 듯한 웃음만 지어 보였다.

"가슴이 아파요, 네오. 너무 아프다고요."

"압니다. 이해해요."

나는 고개를 숙이고 팔을 양쪽으로 늘어뜨린 채 가만히 서서 울었다. 네오는 나를 건드리거나 내게 말을 걸거나 하지 않았다. 좀 우스운 순간이었다. 그저 성스러운, 뭐 그런 느낌이었다고밖에 달리 표현할 말이 없다. 그때 네오가 무슨 기적을 일으킨 것 같다. 시간이 느리게 흘러가는 듯 느껴진 걸 보면.

나는 소리 내어 흐느끼기 시작했고, 무릎에 힘이 빠지면서 천천히 꿇어앉았다. 그것은 단순한 울음이 아니라 뜨거운 눈물이 끝없이 흘러내리는 홍수였다. 그때까지 경험해 보지 못한 일이었다.

고개를 바닥으로 향하게 하여 눈물을 주룩주룩 흘리면서 나는 마지막 질문을 건넸다.

"네오, 제발 내 말 좀 들어 봐요. 중간에 끊지 말고, 마지막으로 하나만 묻게 해 줘요."

네오는 꼼짝 않고 서 있었다.

"시간이 거의 다 됐어요. 나도 특별한 요청은 꼭 한 번만 해야 한다는 거 알아요. 네오가 어떤 존재인지 증명해 달라는 게 바로 그거였죠. 지금 말하려는 건 그게 아니에 요. 무슨 증거를 달라는 게 아니라구요. 난 네오가 누군지 알아요. 맹세해요. 믿지 못하는 건 없어요. 확신한다구요, 내 말 알겠어요? 하지만 이 마지막 요청만은 놓치고 싶지 않아요. 내 요청이 잘못된 거라면 나를 벌준다 해도 상관 없어요.

네오, 난 네오가 화내지 않았으면 해요. 네오가 화를 낸 다면 견딜 수 없을 거예요."

네오의 손이 올라갔다.

"괜찮아요, 드루. 내 말을 기분 나쁘게 듣지 말아요. 그 대는 날 화나게 할 수도 없고, 기분 나쁘게 할 수도 없습니 다. 개미가 그대를 기분 나쁘게 할 수 있나요? 신과 천사 들은 일반적으로 기분 나빠지는 일이 없습니다. 신은 그저 법이 시행되도록 할 뿐이에요. 그 법이 신의 법이든, 의로 운 사회의 법이든, 인류가 지키기로 한 법이든. 그러니까 걱정 말고 말해요. 이미 뭘 이야기할지 알 것 같지만. 그 얘기를 하는 건 드루뿐이 아닙니다. 마지막으로 그걸 얘기 하는 사람이 많아요."

“네오, 난 네오처럼 어딘가로 가 보고 싶어요. 증거 따위가 필요해서가 아니라 가고 싶으니까, 날고 싶으니까요. 네오가 같이 가 줬으면 해요.”

내 얼굴은 아이 얼굴처럼 빛났다. 네오는 내가 하는 말을 입 모양으로 거의 똑같이 흉내 냈다. 내가 이렇게 말할 것이라고 추측한 것이다. 나는 겁이 나기도 했지만 들뜨기도 했다. 롤러코스터 타려고 줄을 서서 이것이 잘한 일인지, 관둬야 하는 게 아닌지 생각하는 어린아이 같았다. 무섭기도 하지만 흥분되기도 했고, 또 한편으로는 자신이 자랑스럽기도 했다. 용기를 내서 말할 수 있었으니. 네오가 말하지 말라고 했더라도 말했을 것이다.

“비밀로 할게요, 네오. 약속해요. 말하지 말라고 하면 절대로 아무한테도 말 안 할게요. 제발 날 어딘가로 데려가 줘요. 그렇게 해 줄 수 있어요? 가능한가요?”

내가 눈물을 훔치는 동안 네오는 내 질문을 곰곰 생각하는 듯 보였다. 개미 농장으로 고개를 돌리더니 농장을 응시하기 시작했다. 내 가슴에는 자부심이 더욱 더 부풀어 올랐다. 무엇보다 네오에게 용기 내어 말할 수 있었기 때문이고, 둘째로 네오가 내 요청을 고민하는 것 같았기 때문이다. 내가 천사를 헷갈리게 한 건가! 멋진데!

　그때, 대화가 잠시 중단되면서 내 기분도 달라졌다. 아까 나는 앞서 언급했듯 롤러코스터에 타야 하나 말아야 하나 고민하는 아이 같았다. 그러나 이제는 롤러코스터에 올라타서 천천히 위로 위로 올라가 가장 무시무시한 부분이 시작되려는 찰나에 와 있는 기분이었다. 일단 여기까지 오면 물러날 수 없다. "어어, 잠깐만, 나 내릴래"라고 할 수가 없다. 이제는 그저 타고 내려오는 수밖에 없고, 무슨 짓을 해도 그걸 바꿀 길은 없다. 내려달라고 소리쳐 봤자 들어줄 사람도 없을 뿐더러 옆에 탄 사람들은 소리를 들어도 도와줄 수 없다. 네오는 계속 개미 농장을 응시했다. 애정이 담긴 그 눈길은 자못 진지한 눈빛으로 변해 있었다.

　아마 그 다음에 일어난 일은 네오가 마지막으로 내게 경험하게 해 준 게 아닌가 한다. 갑자기 네오가 내 요청을 들어 주기로 한다면 아무런 보장 없이 해야 한다는 생각이 들었다. 내가 사람들에게 이 일을 말하기로 한다면 네오는 나를 저지할 수 없을 터였다. 게다가 내가 말하지 않겠다고 약속한다 하더라도 어차피 네오는 내 자유의지를 막을 수 없으니 마찬가지였다. 네오가 어떤 결정을 내리든 그것은 '무방비'가 될 것이다. 이상하게도 높은 차원의 법칙은 낮은 차원의 법칙과 달리 은밀함이나 보장이 필요하지 않은 듯하다.

나는 네오와 이야기하는 동안 처음으로, 게다가 태어나 처음으로, 나 자신을 개미로 바라보았다. 네오도 신도 내 결정을 막지는 못할 것이다. 일단 네오가 내 바람을 들어 준 뒤에는 그것을 어떻게 할지는 순전히 내 몫일 터다. 그것에 관해 이야기를 하든, 그걸 각색하든, 과장해서 말하든 내 마음이다. 그러니 천사라면 마땅히 진지하게 고민해야 할 일이리라.

또 다른 두려움이 엄습했다. 비밀로 해야 한다면 어떻게 되지? 그런데 지키지 못한다면? 마음이 약해지거나 술에 취해서 발설해 버린다면? 말하지 말라고 했는데 말해 버리면 제거되어야 하는 건가? 네오가 나 같은 인간을 위해 그런 짐을 지는 건 괜찮은가? 어쩌면 네오도 걱정하는 건지 모른다. 네오는 개미 농장을 계속 응시했다. 어쩌면 내가 다시 생각해 보기를 기다리는지도. 내가 뭔가 말해야 하는 건가? 취소해야 하나? 내가 걱정한다는 걸 네오는 알까? 이제 침묵이 나를 압도했고, 나는 시간 왜곡에 붙잡힌 듯 꽁꽁 얼어버렸다. 스스로 오도 가도 못하는 처지에 빠져 버린 것이다.

한 가지 질문의 대답이 수천 가지 의문으로 이어진다고 네오가 말한 것이 떠올랐다. 일종의 우주여행을 하게 된다면 분명 즐거운 모험이 되겠지만, 그 경험을 하고 나서 생기는 의문들은 누가 해결해 준다는 말인가? 함께할 시간은 다 됐고, 네오는 곧 떠날 텐데. 침묵 속에서 기다리는데 로드 스튜어트의 노랫말이 스치듯 지나갔다. "… 그래도 난 믿어야 할 이유를 찾으려 했죠." 믿어야 할 이유는 따로 필요 없겠지만 이제 뭔가 목격하게 될 텐데 그러고 나면 거기에 책임은 져야 한다는 생각이 들었다.

네오가 농장에서 고개를 돌려 나를 바라보았다. 우리는 둘 다 팔을 가지런히 다리에 붙인 채 1미터쯤 떨어져 서 있었다. 시간은 다 됐고, 네오는 곧 떠날 것이었다. '우주여행'은 없겠구나 하는 생각에 나는 손을 내밀어 악수하고 인사하기로 했다. 입을 열려고 하는데 네오가 눈을 감더니 고개를 숙여 인사했다. 그러면서 양쪽 팔을 내 쪽으로 들어올리기 시작했다. 손목은 아래로 향해 있었다. 어찌해야 할지 몰랐지만 뭔가 해야 한다는 느낌은 들었다.

뭘 하는 거지? 어떻게 해야 하지?

네오의 팔이 한 뼘씩 위로 올라올 때마다 내 당혹감은 풍선처럼 부풀어 올랐다. 어떡해? 이게 그건가? 지금 가는 건가? 무릎 꿇고 가지 말라고 빌어야 하나? 나도 데려가라고? 말해야 하나? 걱정하면서 나는 다른 무엇보다 좌절을 느끼며 결심했다. 조용히 고개를 숙이고 눈을 감았다. 네오가 한 것처럼 천천히 팔을 올리기 시작했다. 네오가 어딘가로 가 버린다면 나도 가리라. 네오가 가지 않았으면, 아니면 나를 데리고 갔으면…. 나는 평생 살아오면서 원했던 그 어떤 일보다 더 강렬히 원했다.

팔이 위로 올라가는데 차가운 밤 내 몸을 덮은 부드러운 담요처럼 행복한 느낌이 나를 감쌌다. 조금씩 팔이 올라가면서 그 느낌도 점차 강해졌다. 순간적이고 아름다운 느낌이었다. 뭔가 가득 차오르는 듯하더니 몸이 가벼워지는 것 같았다. 어찌해야 하지? 뭔가 일어나고 있었고, 그게 뭔지는 모르지만 마음에 들었다. 어떻게 설명해야 좋을지 모르겠지만 그것은 갑작스러운 태도 변화나 차오르는 사랑과 행복에 비유할 수 있지 않을까. 나는 딸기가 생각나면서 그 맛과 냄새를 느낄 수 있었다. 입과 코가 아니라 존재 전체로. 그 느낌은 그 어떤 신선함과 향기보다 아름다웠다. 생각만 하면 느낄 수 있었다. 눈을 감은 채로 눈을 떴을 때보다 훨씬 밝은 빛을 보았다.

나를 휘감은 행복감은 깊고 특별했다. 바다 깊이 잠수하는 기분이랄까. 수심 30미터 아래로 잠수하면 '질소 중독'이라는 게 뭔지 경험하게 된다. 질소가 주입되면서 갑자기 강렬한 행복감이 느껴진다. 그러면서 따스한 기쁨에 압도되는데, 그 느낌이 알코올이나 진통제처럼 천천히 오지 않고 순간적으로 일어나면서 엄청난 행복에 젖는다. 나로서는 이것 말고는 달리 비슷한 느낌을 찾아낼 수가 없다.

무중력 상태로 끝없이 펼쳐진 공간에 두둥실 떠 있었다. 그때 순간적인 생각과 함께 최고로 아름다운 산 위로 아주 빠르게 날아가고 있었다. 들쭉날쭉한 산맥과 눈부시게 빛나는 초원과 꽃핀 들판을 볼 수 있었다. 천상의 산들 바람이 나를 스쳐갔지만 이번에도 나는 코로 느끼는 게 아니라 온 세포로 흡수하고 있었다. 네오가 내 소망을 들어 준 것이다. 나는 여행하고 있었고, 네오가 곁에 있음을 알았다. 나는 결코 눈을 뜨지 않았고 입도 열지 않았다.

그것은 언어를 초월한 경험이었다. 내 유일한 두려움은 눈을 뜨거나 말을 하면 여행이 끝나 버리지 않을까 하는 점이었다.

얼마 후 나는 눈을 떴다. 내가 본 광경은 이곳에 적을 수도 없을뿐더러 명쾌하고 적절하게 표현할 말도 찾을 수도 없다. 그저 세상이란 인간의 이해력을 초월하는 것이라는 점만 말하고 싶다. 몇 번인가 다른 천사들이 나를 둘러싼 채 같이 여행하고 있는 것이 느껴졌다. 그들은 그저 호기심이 발동했을 수도, 네오가 어떻게 하는지 보고 싶었을 수도 있다. 그들이 천사인지 내가 어떻게 알았는지 모르겠지만 하여튼 알았다. 적어도 두 번은 나 같은 인간이 다른 천사와 함께 여행하는 것을 알 수 있었다. 네오가 내게 말해 주었듯, 천사들이 사람들에게 축복을 선사하는 모습을 목격한 것이다.

나는 사랑을 느꼈지만 누구를 향한 혹은 무엇을 향한 사랑인지 알 수 없었다. 그저 사랑이 있었다. 추함도, 비참함도, 상처도 있을 수 없는 곳, 고통을 줄 수도 받을 수도 없는 곳에 가 있었다.

나는 생각에 잠긴 채 빛과 같은 속도로 공간을 날아가면서 끝없는 세계와 별들을 목격했다.

잠시 후 마침내 네오가 나를 떠났다는 걸 알았다. 드디어 나 혼자서 자유롭게 날아오르고, 여행하고, 존재하게 된 것이다. 잘 가라는 말이나 고맙다는 말을 할 기회가 없었다는 게 후회가 되지는 않았다. 내가 겪은 일은 그런 말로 표현할 차원을 뛰어넘었기에. 내가 경험한 것은 특별한 사건이었고, 그것을 네오에게 감사한다면 모욕이 될 터였다. 그 세계에는 찬양도 필요 없고, 자아를 만족시킬 필요도 없었다. 어떤 말로 묘사해야 좋을지 모르겠지만 신들의 차원에서는 고마워할 필요가 없다.

그것은 우리가 사랑이라고 인식하는 것을 초월한 경험이었다. 사랑도 숭배도 초월한. 네오가 설명한 대로 우리 눈에 보이지 않는 스펙트럼이 있듯, 우리가 아는 것을 초월한 느낌도 존재한다. 희망, 바람, 만족, 감각, 느낌, 시각, 환희, 즐거움, 기쁨, 감사함, 숭배, 행복, 사랑. 이 모든 것을 자유롭게, 가책이나 의심 없이 느끼는 것이다.

나는 끝없이 펼쳐지는 색을 보았고 형용할 수 없는 음악을 들었다. 생각만으로 장소가 바뀌었다. 마음속에서 바뀌었다는 뜻이 아니라 실제 공간이 바뀌었다. 누군가 이런 경험을 했다면 영원히 그곳에 머물고 싶다고 생각했을 테지만, 나는 집으로 돌아오고 싶은 마음이 컸다. 어서 와서 내 사명을 시작하고 싶었기 때문이다. 나는 이 경험을 다시 할 수 있다면 무엇이든 하고 싶었다. 다른 사람들도 경험했으면 했다. 물론 이것은 사후 세계 경험이 아니라 그저 여행이었지만. 이제 나는 얼마나 지구로 돌아가 기술을 연마하고 싶었는지, 업적을 쌓고 싶었는지, 살아있는 동안 할 일을 해서 사후 세계에서 지위를 얻고 싶었는지 알 것 같았다.

하지만 그때 나는 그 모든 것을 빠짐없이 흡수하고 있었다. 젊음의 청순함과 흥분, 황혼의 깊이와 지혜를 동시에 갖추고 바라볼 수 있었다. 어떻게 그렇게 했는지 모르겠지만 그건 중요치 않았다. 더 이상 호기심도 의문도 없었다. '신성하다'는 말이 뭘 의미하는지 그때 비로소 제대로 알았다. 지금 이 순간을 받아들이고, 절망도 걱정도 두려움도 고통도 좌절도 모두 없어지는 것임을. 생각해 보라. 얼마나 큰 행복이었겠는지, 얼마나 큰 기쁨이었겠는지. 집으로 돌아가자고 생각하면서 나는 네오를 떠올렸다.

이제 나는 달라질 터였다. 행동거지를 고치는 수업에 참여할 필요도 없고, 나쁜 습관을 버리는 데 몇 년씩 걸리지도 않을 것이었다. 고작 두 시간 만에 내가 다른 사람이 됐음을 알았다. 그리고 이 이야기를 전달해야 한다는 것도 알았다. 네오는 어떤 이유로 나를 선택했겠지만 그게 뭔지는 아직 모른다. 그러나 그 이유 중 한 가지는 내가 이 이야기를 전달해야 하기 때문이라고 본다. 자신의 사명을 따르고 업적을 쌓으려는 진지한 노력이 사후 세계에서 얻을 우리의 자산임을 알려 주는 이야기를.

네오와 만남에서 시간은 무의미했다. 시간을 초월하자 나는 나 자신으로 '존재'하기보다 나 자신을 '목격'했다. 한 겁먹은 작은 소년이 죽은 어머니 관 앞에서 울지는 않고 그저 혼란스러워하며 멍하니 바라보는 모습을 보았고, 옆방에서 부모가 밤늦게까지 다투는 고함소리에 침대에서 공포에 떠는 모습을 보았다. 그리고 사과나무 과수원 사이를 달려가는 호기심 많은 소년의 모습도, 할아버지 오두막에서 걱정 없이 뛰어노는 즐거운 소년의 모습도, 헛간 꼭대기에서 부드러운 건초 위로 뛰어내리는 모습도 보았다. 따스하고 맑은 날 용수로 옆에 있는 커다란 미루나무 아래 누워 있다가 그늘 밑에서 잠이 드는 모습도 지켜봤다. '드림스톤'이라는, 명상과 환상에 쓰이는 오래된 돌을 만져 보기도 했고, 그 돌 덕분에 인간의 지식이 수천 년간 어떻게 확장됐는지 듣기도 했다. 모두 실시간으로 일어나고 있었다. 너무나 생생하고 아름다웠다.

그날 밤 나는 잠자리에 들어 깊고 평화롭게 잤다. 네오와 함께한 여행과 경험을 반복해서 곱씹었다. 평소 같았으면 네오에게서 시간을 더 얻어내지 못했다는 데 신경 쓰면서 후회하지 않았을까 하는 생각이 들었다. 보통 뭔가 잘 해내지 못하면 자신을 책망하는 편이기 때문이다. 하지만 이번에는 아니었다.

나는 만족했다. 그 경험 전체와 나 자신에. 영혼은 새로워졌고, 삶과 죽음을 바라보는 눈도 전과는 달라졌다.

아침에 일어났을 때, 나는 지나간 일을 곰곰 생각하며 시간을 보냈다. 네오는 떠나갔다. 지금은 어디서 누구와 함께 있을까? 나에게 해 주었듯 다른 누군가와 어딘가에서 뭔가 하고 있을까? 우리 경험이나 나에 관해서는 생각조차 하지 않은 채? 그에게는 그저 일일 뿐이고, 그저 또 다른 하루요 또 다른 만남에 불과했을까?

다음 사람은 네오를 받아들일지 거부할지 궁금했다. 네

오의 역할이나 의무가 얼마나 중요한지 알게 됐기에, 그리고 매 순간이 그에게 얼마나 귀한지 알게 됐기에 그리워할 수는 없었다. 그럴 때면 그저 혼자서 마음에 떠올렸다. 그러면 눈물을 참으려고 애써야 했다. 그가, 그 웃음이, 그 지혜가, 그리고 사랑과 진지함과 유머가 그리웠다.

그날 잠자리에서 일어나 일상으로 되돌아가면서 나는 내가 달라졌음을 느꼈다. 마치 다시 태어난 느낌이었다. 인생이 새로운 빛으로 보였다. 아기들에게서 미래가, 노인에게서 원숙함이 보였다. TV에서 비극이 상영되었지만 이전처럼 슬프지는 않았다. 삶이 얼마나 의미 있는지, 자신의 사명을 수행하는 것이 얼마나 중요한지, 왜 자신의 기술과 재능을 개발해야 하는지 알게 됐다. 인생이라는 교실에 새로 등록한 아이 같았다. 그러고 나니 깨우침이 왔다. 이 얼마나 멋진 교실인가! 지구란 얼마나 멋진 대학인가!

네오는 내 곁에서 떠나갔지만 내 안에 남아 있었다. 내 안에서 그의 에너지를 느낄 수 있었다. 그의 힘과 지혜도. 네오는 그렇게 나와 함께했다.

태어나 처음으로 나는 내가 행운아라고 생각했다. 네오가 행운이란 '제대로 알고 노력하기'라고 말한 게 떠올랐

다. 하지만 여기서 말하는 행운은 그런 깊은 뜻이 담긴 것
이 아니다. 문자 그대로의 행운일 뿐. 전에는 다른 사람보
다 운이 없다며 슬퍼했는데, 이제는 지구에서 극소수만이
아는 것을 알게 되었다. 지구 최고의 우주비행사보다 멀
리 가 보았고, 영혼으로서 그 어떤 목사보다 높은 곳을 목
격했으며, 진정한 기적을 맛보았다. 1대1로 천상의 방문
자와 마주보고 말했다. 새로운 영혼으로 다시 태어난 것
이다!

자신이 쓰고 싶은 이야기와 책으로 내야만 한다고 느끼는 이야기 사이에는 상당한 차이가 있다. 꼭 써야만 한다고 생각하면서 글을 쓸 때는 마음가짐과 자세부터 달라진다. 나는 이 책이 다소 논쟁의 소지가 있음을 안다. 그러나 세상에 내보내지 않으면 안 된다는 느낌으로 썼다.

이 책이 나오도록 도와준 사람들과, 긍정적으로든 부정적으로든 의견을 준 사람들과, 내가 동굴로 들어가 사라진 후에도 계속 연락을 유지하며 단지 '말'에 불과했던 것을 하나의 '실체'로 바꾸어 준 사람들에게 감사의 마음을 전한다. (주 : 이 이야기는 대부분 18개월간의 안식 기간에 썼다. 이때를 가리켜 가까운 친구들은 '동굴'에 들어간 때라고 부른다. 고통스러운 시간이기는 했지만 나는 '동굴'에서 나와서 밝은 빛을 쏘이게 되었고, 다른 사람으로 바뀌었다.)

먼저 누구보다도 이 책을 내면 안 된다고 충고한 사람들 모두에게 고마움을 전하고 싶다. 그 중 대다수는 나의 친구와 지인이었다. 그들은 나를 믿었지만 내가 하려는 일은 믿지 않았다. 나는 그들의 의견을 존중한다. 따라서 이름을 싣지 않겠다. 하지만 그들이 내게 영감을 준 데 대해 고맙다는 말을 전하고 싶다.

그 사람들은 내게 자극을 주었고, 그리하여 내가 임무를 완수하려는 결심을 굳히고 더 굳세게 나가도록 도움을 주었다. 사랑스러운 눈으로 지켜보면서도 억지웃음을 보여 줌으로써 내가 올바른 방향으로 가는지 스스로 의문을 던지게 해 주었다. 나는 이 책을 세상에 내보낸다는 점이 무엇보다 중요했다. 필요한 힘과 의욕을 줘서 내가 일을 마무리할 수 있게 해 준 것이 바로 이들이다.

그리고 나를 믿어 주었을 뿐 아니라 이 작업까지도 믿어 준 몇 안 되는 사람들에게도 고마운 마음을 전한다. 이름을 모두 나열하지는 않겠지만, 진실로 고맙다고 말하고 싶다. 제스 롤랜드, 30년 넘게 절친한 친구로 남아 준 그는 나나 내 행동을 한 번도 심판하지 않았다. 딸 새샤 버로니

카 얼은 꾹 참고 많은 부분을 희생해 주었다. 부모라면 누구나 신경 써 줘야 하지만 키보드 앞에 앉아 있느라 챙기지 못한 부분들. 고맙구나, 우리 딸. 사랑한다.

훌륭한 영감과 침묵의 지지를 보내 줬으면서도 자신은 그런 사실을 알지 못하는 모든 이에게 감사한다. 자신은 모르겠지만 내가 기대고 힘을 빌려 올 수 있었던 사람들에게도 고마움을 전한다. 밥 콜리, 캐런 자일스, 조 에기, 매리언 폭스, 리 롤랜드, 롤린다 해리스, 모두 고마워요.

그저 내 삶의 일부분이 되어 주거나 단지 나를 멀리서 지켜봐 주는 것만으로 의욕을 불러일으켜준 사람들에게 깊이 감사하고 싶다. 그들의 행동이, 그들이 만든 음악이, 그들이 한 말이, 내 꿈에 찾아온 일이, 내게 힘이 되고 길잡이가 되어 준 순간들이 있었다. 글렌 아즈미, 킴 로버트슨, 캐머런 디아스, 수잔 치아니, 로빈 밀러, 앤드루 홀(AMI 스튜디오 소속), 그리고 프란체스카 드라고(퍼펙트 에디트 편집 서비스 사장)가 그들이다.

내 삶에 찾아온 '인간 천사'들도 참으로 고맙다. '동굴' 시기 외에도 내가 고통스러울 때나 정말 필요할 때 나를 찾아와 준 천사들이 몇 있었다. 어떤 이는 내가 넘어졌을 때 일으켜 세워주었고, 어떤 이는 내가 중요한 교훈을 배워야 할 때 고통을 주었다(나를 해고한 상사가 그렇다. 덕분에 책 쓸 시간도 벌었고). 또 어떤 이는 내 영혼에 상처를 줬다. 치유되고 나서 내가 얼마나 더 강해질지도 모르고.

웃음, 점심식사, 응원의 말을 보태 준 사람들, 한밤중에 통화하거나 재즈 음악을 같이 들어 준 사람들, 나만을 위해 시를 써준 사람들, 뜻하지 않았는데 날 포옹해 준 사람들, 메신저 채팅이나 이메일로 응원하는 말과 따뜻한 마음을 건네준 사람들, 꼭 필요할 때 간단한 메모나 윙크를 보내 준 사람들에게도 감사의 마음을 전한다.

시시콜콜한 내용은 생략하고, 새라, 린다 프레셋, 아이라 얼 주니어, 이샤 리처드슨, 말로 얼, 에리카 델가딜로, 대니엘 갤리고즈, 수잔 스포츠, 마이크 데네카, 고마워요. 그리고 우리 딸 "루피"(에리카 패트리즈 얼)와 "텃"(샌드라 델가딜로) 역시 고맙다.

시시때때로 나를 끌어올려 주고 내가 넘어질 때 잡아 준 '진정한 천사들'에게도 감사한 마음이다. 우리에게 찾아와 우리를 도와주고 보살펴 주는 천상의 존재들. 나는 공개적으로 그들이 존재한다고, 그들이 우리를 사랑한다고,

날마다 우리를 돕는다고 이야기한다. 그들은 우리를 심판하지 않는다. 그것은 그들의 역할이 아니다.

가끔 우리는 성난 어린애처럼 팔짱을 끼고 입을 삐죽거리며 천사 같은 건 없다고 한다. 일이 뜻더로 풀리지 않거나 인생이 어려운 쪽으로 흘러갈 때 그렇다. 그럴 때면 이들이 우리를 버린 것 같지만, 사실 그들이 우리를 지탱해 줄 때도 많고 단지 우리를 도와줄 수 없는 상황일 때도 있다.

그리고 천사를 믿지 않는 이들에게, 나는 그대의 믿음을 인정하고 존중한다. 하지만 나는 내게 일어난 일을 믿을 수밖에 없고, 그 멋진 존재들을 사랑한다. 우리가 잘 되기를 빌어 준 천사들을 생각할 때면 환하게 웃게 된다. 그리고 천사들이 우리를 도와줘야만 한다는 점도 안다. 이 천사들 중에는 이 세상에서 여행을 끝마치고 하늘로 올라간 멋진 사람들도 있다. 그 중 몇몇은 내가 알기로 지구에 방문하는 천사들이고, 나머지는 확실하지 않다. 나는 이들이 이 세상의 하인들이라고 믿기로 했다.

오그에게, 내게 이 책을 쓰라고 했지, 이제 끝냈군. 헬렌에게, 천사 같은 어머니, 고맙습니다, 왜인지는 아시죠? 나의 천사들 에바, 제니, 캐빗, 아이라, 테디, 르네도 고맙다.

개미들에게도 고마움을 표해야겠다.

마지막으로 이 책의 진정한 저자인 네오에게 가장 큰 감
사를 전한다.

- 얼 / 개미 신